차트

차트

초판 1쇄 발행 | 2026년 2월 24일

지은이 | 전건우·유이립·홍성호·황우주
펴낸이 | 박영욱
펴낸곳 | 북오션

주 소 | 서울시 마포구 월드컵로 14길 62 북오션빌딩
이메일 | bookocean@naver.com
네이버블로그 | blog.naver.com/bookocean_rabbit
페이스북 | facebook.com/bookocean.book
인스타그램1 | instagram.com/bookocean777
인스타그램2 | instagram.com/supr_lady_2008
X | x.com/b00k_0cean
틱톡 | www.tiktok.com/@book_ocean17
유튜브 | 쏠쏠TV·쏠쏠라이프TV
전 화 | 편집문의: 02-325-9172 영업문의: 02-322-6709
팩 스 | 02-3143-3964

출판신고번호 | 제 2007-000197호

ISBN 978-89-6799-925-4(03810)

차트
전건우
유이립
홍성호
황우주
Bookocean

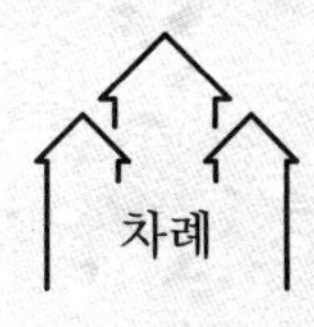

차례

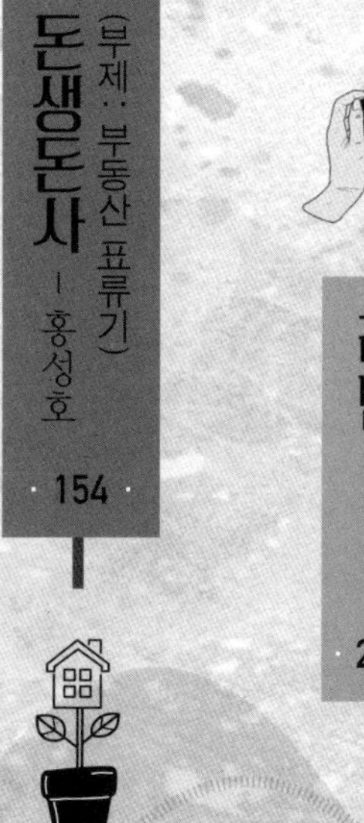

차트 - 전건우 · 6 ·

산동네의 MZ - 유이립 · 62 ·

돈생돈사 (부제: 부동산 표류기) - 홍성호 · 154 ·

리턴 - 황우주 · 223 ·

0101 01
0101 01

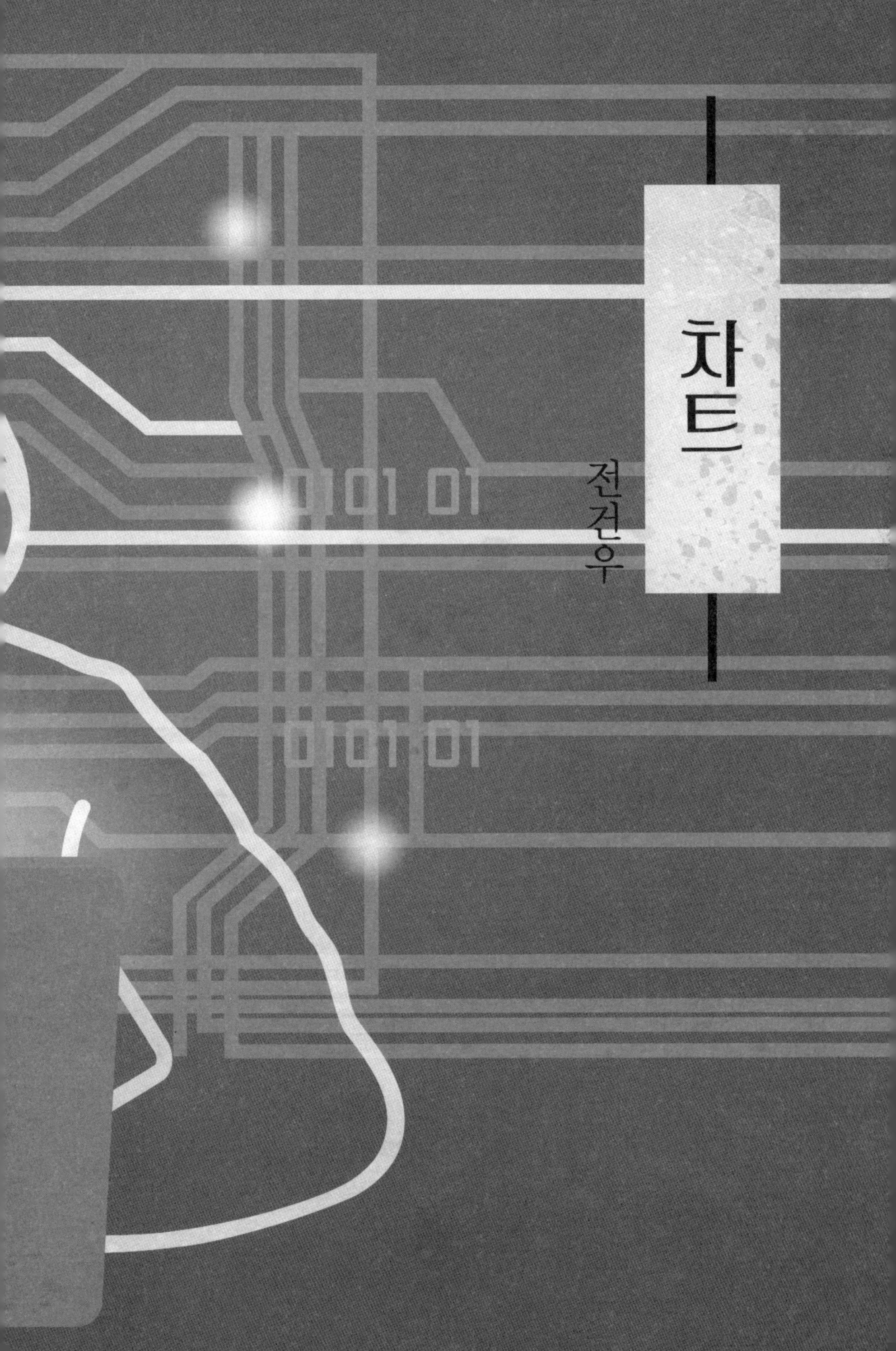
차트
전건우
0101 01
0101 01

이성호는 낯선 공간에서 깨어났고, 자신이 묶여 있다는 사실을 알았다.

처음에는 간밤에 마신 술이 덜 깬 거라 생각했다. 그럴 수밖에. 어제는 그야말로 부어라 마셔라 했으니. 이성호는 만취하면 개가 되곤 했는데 어제로 한정하자면 그냥 개가 아니라 실로 미친개였다. 룸에서 돈다발을 뿌렸던 것과 누군가를 향해 마구 욕을 해댄 것까지는 희미하게 떠오르는데 딱 거기까지였다. 아마 그 이후 필름이 끊긴 모양이었다. 끔찍한 두통과 함께 깨어났을 때는 모든 게 비현실적이었다. 속이 쓰렸다. 여전히 술 냄새가 진동했고 그걸 맡으니 새삼 토할 것 같았다. 눈앞이 빙글빙

글 돌았다. 뇌를 믹서에 넣고 갈기라도 한 듯 정신을 차릴 수 없었다. 지금껏 겪은 숙취 중 가장 최악이었다. 그랬기에 무슨 상황인지 빨리 알아채지 못했다.

의자에 묶인 채 깨어난 건 아무튼, 처음이었으니까.

"씹할. 뭐야?"

욕까지 섞어가며 그렇게 중얼거렸지만 달라지는 건 아무것도 없었다. 자신이 의자에 묶여 있다는 건 분명했다. 등 뒤로 돌아가 있는 손목 양쪽에 이물감이 느껴졌다. 굵고 거친 무언가가 손목을 우악스레 틀어쥐고 있었다. 아무래도 밧줄인 것 같았다. 발목도 마찬가지 신세였다. 묶여 있었다. 몸을 움직여 봤다. 꼼짝도 할 수 없었다. 그것보다 더 최악인 건 자신이 알몸에 팬티 한 장만 걸치고 있다는 사실이었다. 아니, 진짜 최악인 건 따로 있었다. 벗은 몸 여기저기에 용도를 알 수 없는 가느다란 선이 붙어 있었다. 뭔가가 잘못돼도 한참 잘못됐다는 느낌이 척추를 타고 올라와 머리를 때렸다. 정신이 번쩍 들었다.

"야! 장난치지 마."

누가 듣고 있는지, 누구에게 말해야 하는지도 모르지만 일단 소리부터 질렀다. 장난이겠지. 장난이 아니라면 말도 안 되는 상황이었다. 분명 깜짝 이벤트 같은 거야. 이성호는 어제 누구와 술을 마셨는지 기억을 더듬어 봤다. 이런 장난을 칠 만큼 가까운 사이의 사람이 있었던가? 생각나지 않았다. 기억은 뒤죽박죽이었고 그마저도 흐릿했다. 안개 속에서 퍼즐을 맞추는 기분이었다.

"재미없어. 빨리 풀어."

이성호는 생각하기를 멈추고 다시 외쳤다. 그제야 자신의 목소리가 웅웅 울린다는 걸 깨달았다. 천장이 꽤 높구나, 하며 고개를 들었지만 위쪽은 너무 어두웠다. 아무것도 보이지 않았다. 자신의 몸을 비추는 희미한 불빛은 뒤에서 날아든 것이었다. 고개를 한껏 돌려봐도 그 빛의 근원을 찾을 수는 없었다.

불안했다.

불안해서 미칠 것 같았다.

넓이를 알 수 없는 어두운 공간, 정체불명의 선들, 그리고 알몸으로 의자에 묶인 한 사람…….

아무리 생각해도 영화에나 나올 법한 장면이었고, 근육질의 잘생긴 주인공이 아니라면 이런 상황에서는 백이면 백 비참한 최후를 맞이했다. 적어도 이성호가 여태 봤던 영화에서는 그랬다. 이성호는 근육질도 아니었고 잘생긴 것과도 한참 거리가 멀었다. 돈은 많았지만 그뿐이었다. 그러니 불안할 수밖에.

돈?

퍼뜩 그 단어가 떠올랐다. 돈. 세상 모든 문제의 근원이자 해결의 실마리. 돈 때문이라면 설명이 가능했다. 이해할 수도 있었다. 돈을 위해서라면 살인도 불사할 사람이 널리고 널렸다. 납치 정도야 뭐. 감금도 마찬가지. 그리고…… 돈 때문에 이런 일이 벌어졌다면 그건 역시 돈으로 해결할 수 있다는 뜻이기도 했다. 희망이 싹텄다.

"돈이야? 응? 원하는 게 돈이냐고?"

대답은 없었다. 그래도 돈 때문인 것 같았다. 돈이 엮이면 설명되는 게 많았다.

"돈이라면 얼마든지 줄 수 있어!"

이 짓을 벌인 놈들이 원하는 게 어느 정도인지는 몰라도 최대한 맞춰 줄 생각이었다. 목숨보다 중요한 건 없고 돈이야 또 벌면 되니 어설픈 흥정 같은 건 하지 않을 작정이었다. 세상 쉬운 게 돈 버는 일이었다. 남들은 다 어렵다고 하는 그 일을, 이성호는 어렵지 않게 해냈다. 비결을 묻는 수많은 사람들에게 그는 치밀한 분석과 적절한 타이밍, 그리고 약간의 운이라고 말해왔는데 다 헛소리였다. 다음 달에 나올 책, 제목이 《젊은 부자의 투자 상식》인 얄팍한 그 책에도 그런 식의 비결을 넣긴 했지만 어쨌든 다 개똥 같은 소리였다.

뭘 해서 돈을 버는지가 아니라 누굴 상대로 돈을 버는지가 중요하지.

그렇다. 진짜 비결은 거기 있었다. 자신에게 넙죽넙죽 돈을 갖다 바칠 사람을 제대로 고르는 것.

이성호는 일찌감치 그 사실을 깨달았고 덕분에 돈을 벌 수 있었다.

"그러니까 말로 하자고. 이렇게까지 할 필요 없잖아."

계속 외치다 보니 긴장감이 조금 옅어졌다. 대답이 없다는 건 좋은 신호였다. 상대방이 고민한다는 뜻일 테니까. 고민하는 상대와의 대결에서는 언제나 자신 있었다.

"오늘 일은 비밀로 하고……."

그때였다. 갑자기 들린 웅, 하는 소리에 이성호는 말을 멈췄다. 소리만 들린 게 아니었다. 공기가 진동했다. 거대한 기계, 이를 테면 보일러나 발전기 같은 게 작동하는 것 같았다. 몸이 위험을 먼저 감지했다. 소름이 돋았다. 바로 다음 순간 고통이 찾아왔다.

처음에는 찌릿했다. 꼬집는 수준이었다. 그 천국과도 같은 순간은 금세 지나갔고 곧 달군 바늘, 실로 거대하고 날카로운 바늘이 똥구멍에서부터 머리까지 관통하는 듯한 통증이 날아들었다.

"으으으!"

비명도 나오지 않았다. 혀가 말려들어 갔다. 눈물과 콧물, 그리고 침이 각기 다른 세 구멍에서 줄줄 흘러내렸다. 눈앞에서 불꽃이 튀었다. 꽉 묶인 몸이 사정없이 떨렸다. 고통은 계속됐다. 영원히 계속될 것 같았다. 턱이 나사 빠진 장난감처럼 덜컹거렸고 그때마다 이가 딱딱딱 경쾌한 소리를 냈다.

고통은 찾아왔을 때처럼 갑자기 사라졌다.

웅.

그 소리가 아쉽다는 듯 어둠 속을 맴돌더니 이내 흩어졌다.

"으으. 잘못했어. 아니, 잘못…… 했습니다."

이성호는 숨을 헐떡이며 간신히 말했다. 고개를 들 수 없었다. 침이 길게 늘어져 턱 근처에서 대롱거렸다. 눈앞의 불꽃은 가시지 않았다.

"6이었어."

그런 목소리가 들렸다. 뒤쪽인가? 아니, 위쪽인가? 방향 감각을 상실했다. 이성호는 필사적으로 두리번거렸다. 목소리의 주인을 찾으면 원만하게 문제를 해결해 나갈 수도 있을 것 같았기에.

"그, 그게 무슨 말입니까?"

이성호는 물었다. 왠지 무슨 뜻인지 알 것도 같았지만 그래도 물어보고 싶었다. 한 마디라도 더 말을 걸어야 할 것 같았다.

"눈금을 6에 두고 버튼을 눌렀다고."

빌어먹을 짐작이 맞았다.

"왜 이러시는 겁니까?"

최대한 공손하게 다시 물었다.

"눈금은 20까지 있어."

목소리가 말했다. 이성호는 순간 욕을 할 뻔했다. 6이 이 정도인데 20은 생각조차 하기 싫었다. 차라리 죽는 게 낫다. 아니다. 20에 맞추고 그 우라질 버튼인지 뭔지를 누른다면 분명 죽을 것이다. 아마 통구이가 되겠지.

"이유를 말씀해 주시면 제가 최대한 해결하겠습니다."

이성호는 목소리 좋다는 이야기를 자주 들었다. 목소리가 신

뢰감을 준다고, 듣고 있으면 저절로 수긍하게 되고 설득된다고. 그가 백만 유튜버가 될 수 있었던 데에는 목소리도 한몫했다. 주식대왕님 목소리 너무 좋아요, 주식대왕님 목소리 때문에 구독해요……. 이런 댓글들이 영상마다 수십 개씩 달렸다. 그 목소리가, 전기로 사람을 지져대는 나쁜 새끼들한테도 통하기를 바랐다.

"시끄럽고 이거나 봐."

헛된 바람이었다. 놈은 애초에 다른 말은 들을 생각도 없는 것 같았다. 그래도 이성호는 포기하지 않았다. 최대한 목소리를 가다듬어 부드럽게, 아니 그렇게 들리게끔 물었다.

"뭘 보면 되겠습니까?"

그러자 정면에 불이 들어왔다. 이성호는 모니터 두 대가 켜졌다는 걸 알아챘다. 모니터가 내뿜는 푸르스름한 불빛 덕에 주위가 조금은 보였다. 모니터는 이성호의 눈높이에 맞춰 어딘가에 올려놓은 것 같았다. 모니터 뒤쪽으로도 짙은 어둠이 드리운 걸로 봐서는 짐작보다 훨씬 넓은 공간인 듯 싶었다. 이성호는 대형 창고를 떠올렸다. 만약 자신이 갇힌 곳이 대형 창고라면 서울이 아닐 확률이 높았다. 어제 술을 마신 지역은 강남이었다.

아무래도 밤사이 납치되어 경기도 외곽의 어딘가로 옮겨진 모양이었다.

"모니터를 똑똑히 봐."

놈이 말했다.

"네. 네."

이성호가 대답하자 왼쪽 모니터에 먼저 화면이 떴다. 익숙한 화면이었다. 〈강남 주식대왕 이성호〉라는 타이틀 옆으로 정장을 차려 입은 자신이 웃고 있었다. 저 사진을 언제 찍었는지도 기억하고 있었다. 정장은 957만 원짜리 톰포드였다. 선하고 침착해 보이는 인상과 미소를 완성한 건 포토샵이었다. 똑같은 사진을 포털사이트 인물 검색에도 등록했다. 그리고 자신의 유튜브 채널 '주식대왕TV'의 메인에도 걸었다. 지금 모니터에 뜬 화면이 바로 그거였다. 유튜브 채널. 어느덧 구독자 150만을 향해 달려가는 '주식대왕TV' 속 이성호는 고통 같은 건 경험해 보지 못한 듯 천진하게 웃고 있었다. 그걸 보자 괜히 화가 났다. 동시에 궁금증이 일었다.

내 유튜브 채널은 왜 보여주는 거야?

이성호는 '청년 주식 부자' 혹은 '젊은 투자의 귀재'로 통했다. 가끔은 '마음이 따뜻한 투자가'로 불리기도 했는데 그건 이성호가 가장 좋아하는 수식어였다. 이성호는 그 이미지를 유지하고 싶어 매년 꽤 많은 액수를 기부했다. 오른손이 하는 일을 왼손이 모르게 하라는 말도 있다지만 이성호가 생각하기에 그 말 역시 개소리였다. 요즘은 오른손이 안 한 일도 왼손은 했다고 믿게 만들어야 했다. 그게 세상 이치였다. 자꾸 소문을 내고 알려야 사람들이 모여들었다. 자기 돈을 맡기고 싶어 안달이 난 사람들. 그치들은 밥을 굶는 아이들을 위해 몇 억씩 기부하는 사람이라면 양심이 비단보다 매끄러울 거라고 쉽게 착각하곤 했다. 그런 착각은 남녀노소 누구나 했지만 이성호 또래의 젊은이들이 조금 더 순진했고, 그랬기에 이성호의 주 고객 역시 바로 젊은이들이었다. 이른바 MZ세대.

'주식대왕TV' 구독자 중 다수가 바로 MZ세대였다. 20대에서 30대 사이의 젊은이. 올해 서른둘인 이성호 역시 딱 그 세대였지만 그는 자신이 또래와는 다르다고 생각했다. 아무렴, 같을 수가 없지. 한쪽은 패배자고 한쪽은 승리자니까. 물론, 이성호가 승리자 쪽이었다. 그는 MZ가 '머저리'의 약자라고, 술에 취해 기분이 좋을 때면 말하곤 했다. 이 '머저리 세대'는 이용해 먹기 참 쉽다는 말도 덧붙였다. 그럼에도 이성호는 충분히 교활했고 머리도 좋았으며 연기에도 능숙했기에 공식적인 자리에서 그런 말실수를 범하지는 않았다. 당연히 유튜브에서도 마찬가지였다.

"힘들게 사는 우리 젊은 동료들에게 조금이라도 도움이 되기 위해 오늘도 방송 시작합니다."

이성호는 언제나 그런 대사로 녹화를 시작했다. 부드럽게 웃으면서, 특유의 신뢰감 넘치는 목소리로.

"힘들게 사는 우리 젊은 동료들에게 조금이라도 도움이 되기 위해 오늘도 방송 시작합니다."

지금 막 그 소리가 흘러나오고 있었다. 모니터 속에서 동영상이 재생됐다. 노트북과 컴퓨터에 둘러싸인 자신이 정면을 바라보고 있었다. 오프닝 음악이 은은하게 울려 퍼졌다. 모니터 속은 완전히 딴 세상이었다.

"오늘의 추천 종목을 말씀드리기 전에 제가 읽은 책 한 권을 소개할까 해요. 정말 감명 깊게 읽었는데……."

남을 혹하게 하려면 디테일이 중요했다. 주식 채널이라고 해서 냅다 상한가가 어떻고, 하한가가 어떻고 해버리면 마음을 움직일 수 없다. 아픈 데도 어루만져 주고 가려운 데도 긁어 주고 때로는 감성도 촉촉하게 적셔 줘야 상대방, 그러니까 호구 머저리들도 마음을 여는 법이다. 하지만 지금은…….

"저…… 선생님. 제가 왜 이걸 보고 있어야 하는 걸까요?"

앞으로 10분 동안은 책 이야기를 할 것이다. 실제로 읽지도 않은 책이었다. 제목도 가물가물했다. 이딴 걸 보고 있을 시간에 빨리 본론으로 들어가고 싶었다. 요구 사항을 말하라고! 그렇게 소리치고 싶은 걸 간신히 참으며 이성호는 대답을 기다렸다. 곧 놈의 목소리가 날아들었다.

"이 방송에서 네가 추천한 종목이 뭐였지?"

"네?"

"10초 준다. 10, 9……."

"자, 잠깐!"

뭐라는 거야, 저 새끼가?

무슨 말인지는 몰라도 카운트가 끝나면 어떤 일이 벌어질지는 충분히 짐작 가능했다. 또 지져대겠지!

이성호는 눈을 한껏 크게 뜨고 모니터를 바라봤다. 방송 날짜가 보이지 않았다. 보였다 한들 하루에도 몇 개씩 영상을 찍는데, 그러면서 이거 추천했다가 저거 추천했다가 하는데 어떻게 다 기억을 하겠는가. 초조했다. 호흡이 거칠어졌다.

"…… 7, 6……."

카운트가 5에서 4로 떨어지는 순간 기억이 떠올랐다. 영상 속에서 입고 있는 건 흰색 셔츠였다. 톰브라운이었고 생일 선물로 받은 걸 다음 날 바로 입었다. 그러니 저건 9월 10일, 일주일 전 방송이었다. 그날 추천했던 종목은…….

"…… 3, 2……."

"하이오스! 하이오스야. 아니, 하이오스입니다!"

이성호는 소리쳤다. 카운트다운이 멈췄다. 철렁하고 내려앉았던 심장이 제자리를 찾았다. 목덜미가 찌릿찌릿했다. 맞았다. 통구이 신세는 면했다. 안도감이 밀려오는 것과 동시에 웃음이 새어 나왔다.

"맞췄으니까 풀어주시는 겁니까? 네? 그런 거죠? 하하."

하하.

이성호의 웃음이 공허하게 메아리쳤다. 이러면 너무 싱겁다는 걸 알면서도 일말의 기대를 품었다. 혹시 또 모르는 일 아닌가. 잘했다고, 정답이라고, 경쾌한 목소리로 외치며 팡파르를 울려줄지.

팡파르 대신 오른쪽 모니터에 화면이 떴다. 이성호는 움찔했다. 모니터를 가득 채운 건 주식 차트였다. 바닥을 뚫고 하염없이 떨어지고 있는 종목의 주봉이었다.

"이건 뭡니까?"

이성호가 물었다.

"하이오스 주식이야."

대답은 금방 돌아왔다. 그리고 한마디가 뒤를 이었다.

"네가 추천해서 샀고 결과는 보는 대로지."

"아……."

이성호는 애매하게 대답할 수밖에 없었다. 뭐라고 해야 할지 감이 오지 않았다. 유감입니다? 죄송합니다? 아니면 보상해드리겠습니다?

놈은 생각할 틈을 주지 않았다.

"7로 갈 거야."

웅.

그 소리가 들렸다.

"씹할!"

이성호는 목이 터져라 외쳤다. 그 욕의 긴 꼬리가 채 사라지기도 전에 끔찍한 통증이 달려들었다.

어둠 속에 이성호의 비명이 가득 울려 퍼졌다.

“정신 사나워서 원.”

박중수는 무려 다섯 대의 모니터가 성벽처럼 늘어서 있는 책상을 보며 중얼거렸다. 자기 집 안방 침대보다도 넓어 보이는 책상 위에는 모니터만 놓여 있는 게 아니었다. 박중수로서는 그 쓰임새를 짐작하기도 힘든 여러 전자기기들이 가득했다. 머리가 어질어질할 정도였다. 모니터 다섯 대에 각각 떠 있는 주식 차트도 정신없어 보이기는 마찬가지였다. 주식의 ‘주’도 모르는 박중수는 결코 해독할 수 없는 차트들이었다.

“에이. 이 정도면 주식하는 사람치고는 양호한 거예요. 역시 방송에도 나오고 하니까 다르긴 하네요.”

김민준이 방 안 여기저기를 핸드폰으로 찍으며 말했다. 하긴, 이성호의 집은 깨끗한 편이기는 했다. 고급 빌라에 살고 있으니 청소해 주는 사람을 따로 쓰기는 하겠지만 뒤집어 벗은 양말 한 짝 굴러다니지 않는다는 건 분명 특이한 일이었다. 서른 넘은 남자가 혼자 살면 쓰레기장이 되기 일쑤인데.

두 형사가 이성호 사건에 투입된 건 24시간 전의 일이었다. 그보다 1시간 앞서 유튜브에는 이성호로 추정되는 인물이 의자에 묶인 채 괴로워하는 영상이 공개됐다. 그것도 이성호의 유튜브 채널 '주식대왕TV'에. '이성호 현재 상태'라는 제목의 그 영상은 삽시간에 백만 조회수를 돌파했다. 난리가 났다. 신고와 제보가 이어졌다. 경찰은 신속하게 움직였다. 다음 영상이 올라오기 전에 이성호를 찾으라는 특별 지시가 내려왔다. 전담팀이 꾸려졌고, 박중수와 김민준은 이성호의 집을 수색하게 되었다.

"너도 하냐? 주식."

박중수가 새파랗게 어린 파트너를 향해 물었다.

"그럼요. 저도 이성호 유튜브 구독잔데요."

사진 찍기를 마친 김민준은 책상 서랍을 뒤지기 시작했다.

"좀 땄냐?"

"따긴 뭘 따요. 주식이 뭐 도박도 아니고."

"주식이나 도박이나 나한테는 매한가지다."

박중수는 화투도 칠 줄 몰랐다. 옛날부터 그런 것과는 맞지 않았다. 그러니까 요행을 바라는 것. 이런 말 하면 어디 가서 꼰대 소리 듣는다며 딸은 잔소리를 해댔지만 박중수가 보기에 도박판에 앉아 요강에 오줌을 싸는 인간들과 종일 주식 차트를 들여다보느라 눈이 벌게진 인간들은 다를 게 없었다. 자신만은 잃지 않을 거라 생각하는 것조차 어쩜 그리 닮았는지.

"선배님은 모르셔서 그런 말 하는데 주식이라도 안 하면 희망이 없잖아요, 희망이."

김민준의 말에 박중수는 피식 웃었다.

"희망은 개뿔. 누군 뭐 매일이 희망차서 살아온 줄 알아? 우리 때도 희망은 없었어."

"그때랑 지금은 기준이 다르죠."

김민준은 한마디도 지는 법이 없었다. 건방지다 싶으면서도 당찬 그 모습이 나빠 보이지는 않았다. 하긴, 기준이 바뀌긴 했다. 옛날 같았으면 말대꾸한다고 정강이를 걷어찼을 테니까. 아니면 뒤통수를 후려갈기거나.

"하여간 착실히 적금 넣는 게 제일이야. 알았어?"

"네네."

저놈의 자식이. 박중수는 속으로 중얼거리며 돌아섰다. 방은 김민준에게 맡기고 자신은 거실을 살펴볼 생각이었다. 말이 거실이지 웬만한 원룸 하나보다 넓었다. 이 정도 빌라에서 지내려면 돈이 얼마나 있어야 하는지 감도 오지 않았다. 더군다나 강남인데. 브리핑 때 듣기로는 이성호를 두고 500억대 자산가라 했다. 주식 투자를 해서 그만큼 벌었단다. 너무나 비현실적인 숫자라 머릿속에 그려지지도 않았다.

"평범하게 생겼던데."

박중수는 사진 속 이성호의 얼굴을 떠올리며 혼잣말을 했다. 동영상은 흐릿하고 어두워서 그 얼굴이 잘 보이지 않았다. 다만 무척 고통스러워한다는 건 알 수 있었다.

거실에도 눈에 띄는 건 없었다. 펼쳐 보지도 않은 신문 몇 부가 테이블에 놓여 있을 뿐이었다. 요즘 세상에도 종이 신문을 본다니 특이하긴 했다. 어쩌면 그냥 허세용일지도 모른다고 생각하며 박중수는 곱게 접힌 신문을 들춰봤다. 그러자 편지봉투 하나가 툭 떨어졌다. 요즘은 잘 쓰지도 않는, 그야말로 부조할 때나 사용할 법한 흰색의 길쭉한 봉투였다. 보낸 이 이름은 없었지만 주소는 적혀 있었다. 경기도 파주시 남흥읍 263-2. 받는 사람은 물론 이성호였고 봉투에는 뜯은 흔적이 있었다. 박중수는 얼른 안에 든 편지를 꺼냈다.

∿∿∿

이성호는 자기도 모르게 싼 오줌이 뜨뜻하게 아랫도리를 적시다가 다시 말라갈 때쯤 정신을 차렸다. 오줌을 쌌다는 건 코를 파고드는 지린내로 알 수 있었다. 수치심 같은 건 느껴지지도 않았다. 그저 무서울 뿐이었다. 7은 6의 고통을 저 멀리 우주로 날려 보낼 정도로 지독했다. 온몸의 신경 하나하나가 통증을 느끼고 그걸 착실히 전달했다. 입가에는 게거품이 고였다. 더 끔찍한 건 이대로 그냥 끝나지 않으리라는 사실이었다. 왼쪽 모니터에는 벌써 자신이 찍은 다른 방송 영상이 흘러나오고 있었다.

"정신 차렸으면 이번에는 이걸 봐."

놈이 말했다.

"잠깐만요."

어쩐 일인지 이번에는 기다려줬다. 이성호는 말려들어 간 혀를 간신히 움직이며 말을 쏟아냈다.

"뭐 때문에 이러시는지 알겠습니다. 그러니까, 저 때문에 손해를 보신 거잖아요. 그렇죠? 제가 추천한 종목에 들어갔는데 그게 떡락했다는 거…… 맞죠? 제가 잘못했습니다. 실수했습니다. 선생님께서 손해 보신 만큼 제가 보상해 드릴 수 있습니다. 그러니 우리 서로 말로, 대화로 해결해 보면 어떻겠습니까?"

이성호는 놈의 대답을 기다렸다. 제법 긴 침묵이 이어졌고 그 속에서 놈의 갈등이 느껴지는 것 같기도 했다. 목소리로 짐작하건대, 놈은 나이가 많지 않았다. 기껏해야 30대 중반이지 싶었다. 그렇다는 건 놈 역시 그 빌어먹을 MZ라는 뜻이었다. 버는 돈은 쥐꼬리만 할 테고 쓰는 건 분수에 맞지 않게 써댈 것이다. 그러다가 큰일이다 싶어서 주식이니 코인이니 손을 대려고 했겠지. 여기저기서 빚을 내는 것도 모자라 소위 말하는 영혼까지 끌어다가 주식에 몰빵했을 것이다. 그리고 결과는 폭망. 이성호의 머릿속에 그림이 그려졌다. 그는 이런 식의 '망테크' 타는 사람을 수도 없이 봐왔다. 그들의 좌절과 분노가 어느 정도인지도 잘 알았다. 그치들은 사회가, 이 좆같은 시스템이 자신들을 벼랑 끝으로 내몰았다고 외쳐댔다. 그런데 재미있는 건 그런 이들 손에 다시 돈을 쥐여주면 똑같이 주식이니 코인이니 해서 꼬라박았다. 놈도 마찬가지일 것이다. 그 전에 필요한 건 돈일 테고. 그러니 이 지랄을 하고 있지!

"내가 돈 때문에 이러는 것 같아?"

한참 후에 놈이 물었다.

그렇다는 데 내 한쪽 불알을 건다!

속으로는 그렇게 외쳤지만 이성호는 전혀 다른 소리를 했다.

"그렇지 않습니다. 절대 그렇게 생각하지 않습니다. 돈이라는 건 있다가도 없을 수도 있죠. 다만 선생님께서는 누군가를 믿고 투자를 했는데 그 믿음이 배신당한 것 같아서, 바로 그것 때문에 화가 나신 것 아닙니까? 제가 충분히 사과를 드리겠습니다. 그리고 그 일환으로 적절한 보상을 해드리겠다는 겁니다."

"배신이라…… 이제 좀 말이 통하네."

놈과 처음으로 대화 비슷한 걸 했다. 아직까지는 저 멀리 있지만, 그래도 탈출구가 보이는 것 같았다.

"그렇습니까? 역시 대화가 좋죠. 아시겠지만, 저는 아주 열려 있는 사람입니다. 하시고 싶은 말 마음껏 하시면 제가 경청하겠습니다, 경청!"

손이 자유롭다면 경례라도 하고 싶은 마음이었다. 그러고 보니 군에서 처음 주식을 접했다. 작은 부대의 통신병이었는데, 거의 종일 통신장교와 붙어 지낼 수밖에 없었다. 그 통신장교 놈이 주식에 빠져 있었다. 그가 하는 일이라고는 주식 차트를 들여다보는 게 다였다. 이성호는 그때 주식을 배웠다. 관심을 안 가지려야 안 가질 수가 없었다. 통신장교가 맨날 주식 이야기를 해댔기에. 한 번은 이성호가 추천한 종목이 떡상한 적도 있었다. 그때 통신장교 그놈이 어떻게나 좋아하던지. 심지어 포상휴가를 보내 줄 정도였다. 그때 깨달았다. 주식 투자 자체로 돈을 벌 수도 있겠지만 거기에 혈안이 된 인간들을 이용해 먹는 것도 제법 쏠쏠하겠다는 사실을.

"난 너를 믿었어."

놈의 목소리에 처음으로 감정 비슷한 게 실렸다. 6이니 7이니 할 때보다는 훨씬.

"아! 그 믿음을 저버려서 정말 죄송합니다."

"한두 번이 아니야."

"그, 그렇습니까?"

"자, 이걸 봐."

뭘 또 보라는 거야, 이 미친놈아!

오른쪽 모니터에 또 다른 주식 차트가 떴다. 이번에도 아주 착실히 우하향하는 차트였다. 저기에 투자한 놈들은 죄다 한강을 찾아야 할 정도였다. 놈은, 한강에 뛰어드는 것 대신 다른 일을 벌였지만.

"이것도 네가 추천한 종목이야. 기억하지? 테그누리."

"그럼요. 기억합니다! 제가 방송에서 지금이 저점이니 사야 할 때라고 말했습니다."

거짓말이었다. 테그누리는 작전주였다. 개미가 절대 따라 들어가면 안 되는 주식. 그야말로 개미지옥. 이성호는 그걸 알면서도 슬쩍 정보를 흘렸다. 콩고물이 떨어지기 때문이었다. 작전세력, 그러니까 '하이에나' 놈들과는 매번 그런 식으로 거래를 했다. 자신이 직접 뛰어들지는 않지만 개미들을 모아서 지옥 앞으로 인도하는 식으로. 하이오스도 마찬가지였다. 그러니까 놈은 작전주에만 두 번 꼬라박은 것이다. 화가 날 만도 했다.

"그런데 왜 이런 결과가 나온 걸까?"

놈이 물었다. 사실대로 말할 수는 없었다. 그랬다가는 또 전기 찜질을 당할 테니까.

"주식이라는 게 원래 그렇지 않습니까? 귀신도 완벽하게 예측할 수는 없는 게 주식입니다. 저라고 별수 있겠습니까?"

"나는 모든 걸 다 걸었어."

"그건……."

"목숨까지 걸었다고."

잠깐. 목숨까지?

분명 어딘가에서 들은 이야기였다. 그것도 최근에. 이성호는 가물가물한 기억을 더듬었다. 전기로 지져준 덕분에 이미 술은 다 깼다. 그 어느 때보다 정신이 맑았다. 다만 너무나 많은 사연의 틈바구니 속에서 하나를 콕 집어 찾아낸다는 게 어려웠다. 하루에도 백 건이 넘게 댓글이 달렸다. 어떻게 알았는지 문자나 메일을 보내오기도 했다. 하나같이 앓는 소리, 죽는 소리였다. 좀 도와달라고 부탁하는 내용이었다. 기구한 사연이 끊이지 않았다. 사람들은 이성호에게 필사적으로 매달렸다. 그런 머저리들 중에서도 목숨까지 걸었다고 말하는 건…….

생각났다!

이성호는 며칠 전 받았던 편지를 떠올렸다. 편지를 보내는 건 드문 일이었기에 호기심이 들어 뜯어봤던 기억이 났다. 편지봉투 안에 든 것은…… 편지처럼 접은 차트였다. 진료 차트.

“틀림없어요. 그 새끼가 범인이에요.”

김민준의 말을 들으며 박중수는 차트를 들여다봤다. 진료 차트 속 환자 이름은 현윤상이었다. 나이는 34세. 성별은 남성. 차트를 기어 다니는 지렁이 같은 뜻 모를 글자 속에서도 그의 병명은 확인할 수 있었다. Pancreas Cancer. 췌장암. 그것도 말기.

“그 차트를 강제로 가져간 게 거의 한 달 전이니까 지금쯤이면 상당히 안 좋은 상태일 걸요. 당시에도 이미 다른 장기로 전이가 된 상태였고 가망은 없었습니다. 저는 길어야 석 달이라고 분명히 말씀드렸고요. 그러자 치료를 중단하고 퇴원했어요.”

차트 속 담당의사와는 전화로 이야기를 마쳤다. 현윤상이 진단을 받은 곳은 파주의 한 종합병원이었다. 편지의 발신 주소 역시 파주였기에 같은 사람이 이성호에게 차트를 보냈다는 것쯤은 쉽게 짐작할 수 있었다. 게다가 편지봉투 안에는 꼼꼼하게 접은 쪽지도 한 장 들어 있었다.

- 나는 목숨까지 걸고 널 믿었는데 다 잃고 말았어.

쪽지에는 그렇게 한 줄이 적혀 있었다. 비뚤배뚤 못 쓴 글씨였다.

"의외로 쉽게 해결할 수도 있겠는데요?"

김민준이 말했다. 두 형사는 자유로를 달리고 있었다. 편지봉투에 적혀 있던 주소지까지는 30분 정도가 남았다. 아마 그보다 훨씬 일찍 도착할 것이다. 김민준은 요리조리 차선을 바꾸며 계속 가속페달을 밟았다. 운전을 시원시원하게 하는 점 하나만은 마음에 들었다.

"너무 쉽게 풀리면 일단 의심해봐야 해."

박중수가 말했다.

"너무 신중하면 대박을 놓친다니까요. 이번 사건 우리가 해결하면 대박 날 거예요, 대박."

김민준은 승진 시험을 앞두고 있었다. 사회적으로 큰 화제가 된 사건을 해결하면 분명 가산점을 받을 것이다. 반면 은퇴를 앞둔 박중수는 특별히 더 좋을 게 없었다. 그렇다고 범인을 안 잡겠다는 게 아니었다. 좌우지간 나쁜 놈들은 잡아 족쳐야 한다는 게 박중수의 신념이었다. 이유 불문 누군가를 납치해 고문을 하는 건 나쁜 놈 중에서도 아주 악질이었다. 현윤상이 바로 그런 놈일 확률은 매우 높았다. 모든 게, 너무나도 명백할 정도로 그를 가리키고 있었으니까. 그럼에도…… 어딘가 석연치 않은 구석이 있었다. 찜찜했다. 박중수의 경험상 이런 느낌이 들 때는 신중해야 했다. 헛다리를 짚는 것으로도 모자라 아예 다리가 부러질 수도 있으니까.

"전화는 안 받죠?"

김민준이 물었다.

"응."

병원을 통해 알아낸 번호로 현윤상에게 전화를 걸었지만 계속 받지 않았다. 신호는 갔다.

"범인이 대뜸 전화 받으면 그것도 이상하긴 하겠네요."

김민준이 그렇게 말했을 때였다. 박중수의 핸드폰으로 메시지가 날아들었다. 팀장이었다.

- 2차 영상 올라왔어.

짧은 메시지 뒤에 유튜브 링크가 달려 있었다. 박중수는 그걸 클릭했다. 곧 유튜브 앱이 실행되며 영상이 떴다.

"뭡니까?"

김민준이 물었다.

"이성호 영상. 2차야."

이번에도 채널은 '주식대왕TV'였다. 영상 제목은 '이성호 죽기 직전 충격 고백!'이었다. 영상을 올린 지 2분밖에 지나지 않았는데 조회수가 벌써 16만이었다. 언론에서도 이미 물고 뜯고 씹고 맛보고 있을 것이다. 젊은 나이에 주식으로 500억을 모았고 기부도 열심히 하는 투자의 귀재. 게다가 유튜버로도 잘나가고 있으니 주목받는 건 당연했다. 이때다 싶어 날아드는 파리가 떼를 이루겠지. 윗선에서는 거기에 더해 경찰의 무능 같은 말이 나올까 봐 신경 쓰는 것일 테고. 이 대목에서 자신과 김민준이 멋지게 사건을 해결한다면 분명 칭찬깨나 들을 것이다.

"으아아!"

고통에 찬 비명이 들리는 바람에 박중수는 영상에 다시 집중했다. 이성호는 의자에 묶인 채 몸을 덜덜 떨어대고 있었다. 눈을 희뜩 까뒤집고 침을 줄줄 흘리는 거로 봐서 전기 고문을 당하는 게 분명했다. 살이 타고 머리카락이 그을리는 냄새가 핸드폰을 뚫고 풍기는 것 같았다. 10여 초 후, 전기가 멈춘 듯 이성호의 떨림이 잠잠해졌다. 실제로는 눈 깜박할 순간이었지만 이성호에게는 영원처럼 긴 시간이었을 것이다.

"어서 진실을 이야기 해."

축 늘어진 이성호에게 누군가가 말했다. 박중수는 그 목소리에 귀를 기울였다. 감정이 실리지 않은, 무뚝뚝하기 짝이 없는 목소리였다.

이 자가 정말 현윤상일까?

"뭐가 어떻게 되고 있어요?"

"쉿."

박중수는 핸드폰 볼륨을 키웠다. 이성호가 힘겹게 고개를 든 후 뭔가 말을 하려 했다. 땀과 눈물과 침으로 범벅이 된 이성호의 얼굴은 기묘할 정도로 번들거렸다.

"저는……"

이성호가 입을 열었다.

"…… 거짓말을 했습니다. 저는 주식 투자로 500억을 번 적이 없습니다."

영상은 계속됐다. 자막 하나가 떴다.

- 이성호의 고백을 들은 후 용서할 수 있다면 '좋아요'를, 벌을 주고 싶다면 '싫어요'를 눌러주세요.

손목을 묶은 줄이 느슨해졌다. 고통의 절정에서 내려온 순간 그걸 깨달았다. 힘껏 당기면 손목을 뺄 수도 있을 것 같았다. 물론 그 전에 죽지 않아야 가능한 일이겠지만. 이성호는 정신을 차리려고 애썼다. 자칫 의식을 잃기라도 한다면 놈은 또 전기로 지질 테고 다음 번, 혹은 그 다음 번이 자신이 견딜 수 있는 거의 마지막 단계라는 걸 이성호는 직감하고 있었다. 그 전에 이곳을 탈출하려면 가능한 한 맑은 정신을 유지해야 했다.

저 미친놈이 원하는 게 뭔지 이제는 알겠어.

이성호는 속으로 중얼거린 후 쓴웃음을 지었다. 바보같이, 머저리같이 너무 늦게 알아차렸다. 돈 때문이 아니었다. 놈이 원하는 건 진실이었다. 빌어먹을 진실. 진실 따위가 밥 먹여 주지 않는다는 걸 놈은 모른다. 아니, 안다고 해도 놈에게는 시간이 없다. 진실을 슬쩍 뒤로 감추면 돈이 들어온다고 설득해봐야 그걸 써먹을 삶 자체가 놈에게는 남아 있지 않다. 그러니 이런 지랄을 하는 거겠지.

"크크크."

이성호는 웃었다. 도저히 참을 수가 없어 터져 나온 웃음이었다. 이 우라질 상황이 웃겼고, 자신의 한심한 처지가 웃겼다.

"왜 웃지?"

놈이 물었다. 편지를 받았을 때부터 정상이 아니란 건 알았다. 암에 잠식당한 몸은 물론이고 정신도 무너진 게 틀림없었다.

"아니, 그게 아니라…… 크크크."

이런 상황에서 웃음을 멈출 수가 없다니 자신도 역시 미쳐가고 있다고, 이성호는 생각했다. 한편으로는 조각조각 흩어져 있던 지난밤의 기억을 맞추는 데 성공했다. 만취한 상태로 대리기사를 불렀다. 강남의 고급 술집에 들어가기 전, 그러니까 멀쩡한 상태였을 때 인스타에 스토리를 올렸다. 앞으로 어디서 누구와 술을 마시겠다는 내용이었을 것이다. 아마 그걸 보고 놈이 접근했겠지. 대리 기사로 위장해서 말이야. 이성호는 인스타에 수시로 사진을 올렸다. 자신의 고급 외제 차에 타 '핸들 샷'을 찍기도 하고 유명인과 만나 인증샷을 찍기도 했다. 그게 다 투자라는 걸 이성호는 너무나 잘 알고 있었다. 그가 진짜로 투자했던 건 바로 그런 것이었다. 주식 따위가 아니라. 겸손을 가장한 자랑, 우연으로 위장한 과시, 진실로 변장한 허세…… 그리고 그 모든 것들을 아우르는 멋들어진 포장.

머저리 개미들은 이성호의 그런 것들을 보고 달려들었다.

"이제 네 인생은 끝났어."

놈이 말했다.

진짜 끝난 건 네 인생이겠지.

그렇게 생각해서 그런지 놈의 목소리가 아까보다 많이 작아졌다. 거칠게 숨을 몰아쉬는 것도 같았다.

"맞습니다. 제 인생은 끝났습니다."

이성호는 감정을 듬뿍 담아 말했다. 최대한 슬프고 불쌍하게 들리도록.

자기 모습이 촬영되고 있다는 사실을 언젠가부터 눈치챘다. 두 개의 모니터 사이로 카메라의 작고 빨간 불빛이 보였다. 놈이 저 혼자만 알고 싶어 진실 운운하며 죽어가는 몸을 이끌고 이 난리를 치지는 않았을 것이다. 주식 투자로 500억을 벌었다는 건 거짓말이었다. 물론 몇 푼 쥐기는 했다. 그걸 많이, 아주 많이 부풀렸을 뿐이다. 기부도 대부분 약정이었다. 그러니까 이만큼 기부하겠노라 약속하는 것. 언론에는 그런 것들도 다 기부를 한 것처럼 기사가 나갔다. 거기다가 작전 세력에게 돈을 받고 개미들을 유인했다는 사실까지 고스란히 라이브로 중계됐을지도 모른다.

"저는 그저 좋은 영향력을 미치고 싶었을 뿐입니다. 그 생각이 과해 이런 실수를 하게 되었습니다. 제게 기회를 한 번만 더 주십시오. 참회하고 봉사하며 살겠습니다."

더욱 간절한 어투로 말했다. 저절로 눈물이 흘렀다. 곧 통곡하듯 울음이 터져 나왔다. 스스로 생각하기에도 완벽한 연기였다.

웃다가, 운다.

이 모습을 본 사람들은 자신의 급격한 감정 변화에 당황하면서도 걱정할 것이다. 이성호는 거기까지 계산했다. 여기서 살아나갈 수만 있다면 얼마든지 재기는 가능하다. 변태 사이코패스의 손에서 살아남았다는 사실만으로 큰 화제를 모으겠지. 자신의 고백 역시 고문에 못 이겨 억지로 꾸며낸 말이라 둘러댈 수 있을지 모른다. 어쩌면 주가가 더 올라갈 수도 있다. 이 경험담을 풀기만 해도 조회수 500만은 거뜬히 넘을 것이다. 이성호는 놈을 향해서, 아니 영상을 보고 있을 사람들을 향해서 다시 말했다.

"한순간의 그릇된 판단과 실수로 여기까지 왔습니다. 저도 제

또래 모든 사람들처럼 불투명한 미래에 대해 걱정이 많았습니다. 그래서 주식에 손을 댔습니다. 그러다가 조금 수익이 났는데 그게 부풀려져서 나중에는 건잡을 수 없게 된 겁니다. 덜컥 겁이 난 저는 기부를 통해서라도 봉사하고 싶었습니다. 아직 그 약속을 다 이행하지는 못했지만 저를 살려주신다면 꼭 기부로 보답하겠습니다. 제 채널의 수익 역시 사회에 돌려드리겠습니다. 그러니 제발 한 번만 용서해 주십시오."

놈은 말이 없었다.

죽었나?

그런 생각을 할 만큼 긴 시간이 흐른 후 오른쪽 모니터에 또 다른 차트가 떴다. 이번에는 하루의 주가 변화를 정리한 일봉인 듯했다. 꽤 고점에서 시작했지만 시시각각 주가가 하락하고 있었다. 지금의 기세라면 거의 상장폐지 수준이었다.

"앞으로 10분의 시간을 줄게."

놈은 느닷없이 말했다.

"무, 무슨 시간입니까?"

이성호는 어리둥절한 상태로 물었다.

"이 차트 보이지?"

"네."

"이건 네 주가야."

"네?"

"지금 라이브로 나가고 있는 방송을 보고 사람들이 '좋아요'와 '싫어요'를 누르고 있지. '좋아요' 수가 '싫어요' 수보다 많으면 네 주가는 올라. 그럼 살 수 있다. 하지만 그 반대라면 넌 죽을 거야. 지금 상황은 보다시피 떡락하고 있어. 다들 '싫어요'를 누르는 중이지. 10분 동안 최대한 변명하고 애원하고 빌어봐. '좋아요'가 '싫어요'보다 2500 이상 많으면 너를 풀어주겠다. 2500은 네 영상의 평균 '좋아요' 수야. 단, 너에게는 10분의 시간밖에 없어."

"뭐라는 거야? 이 미친 새끼가!"

순간 욕이 튀어나왔다. 이성의 끈이 끊어졌다.

사람을 이런 식으로 가지고 놀아? 주가가 뭐 어째?

"시작."

놈은 역시 무뚝뚝하게 말했다.

"씹할!"

이성호는 그렇게 외치다가 아차 싶었다. 놈의 말이 사실이라면 정말로 시간이 없었다. 욕도 안 된다. 자신의 생사가 머저리들의 선택에 달렸다는 게 분통 터졌지만 지금은 참아야 했다. 방금 선보였던 연기로도 사람들의 마음을 돌리지 못했다면 더 극적인 한방이 필요했다. 이성호는 필사적으로 머리를 굴렸다. 째깍째깍. 귓가에서 초침 소리가 들리는 것 같았다. 무슨 말이든 해야 하는데 너무 초조해 오히려 혀가 굳었다. 쥐어짜내 보려 했지만 눈물도 다시 나오지 않았다. 그야말로 분노만 치밀었다.

내가 뭘 얼마나 잘못했다고 이 지랄이야?

마음속으로 그런 생각을 한 순간, 이미 자기도 모르게 외치고 있었다.

"내가 뭘 얼마나 잘못했다고 이 지랄이야?"

봇물이 터졌다. 걷잡을 수 없었다. 참을 수도 없었다. 아니다. 참고 싶지 않았다. 날 선 분노가 온몸을 흔들었다. 인내심은 이미 바닥났다. 죽어도 좋겠다는 것까지는 아니었지만 죽어도 나쁠 건 없겠다는 생각을 했다. 놈을 향해서 욕을 퍼부을 수만 있다면, 컴퓨터나 핸드폰에 코를 박은 채 영상을 보며 낄낄거리고 있을 머저리들을 향해 하고 싶은 말을 할 수만 있다면. 그래서 이성호는 힘껏 소리 질렀다.

"뭐? 목숨까지 걸었는데 투자에 실패했다고? 그게 내 잘못이야? 누가 그렇게 머저리같이 투자하라고 했냐고, 응? 결국 손 안 대고 코 좀 풀려고, 앉은 자리에서 큰돈 좀 만져보려고 주식 시작한 거잖아. 안 그래? 더 많이 걸면 더 많은 걸 얻는 대신에 훨씬 더 많이 잃을 수도 있다는 게 이 바닥 상식이잖아. 씹할. 도박이나 마찬가지라고! 근데, 도박판에 뛰어들어 목숨을 걸어 놓고 그걸 나한테 책임을 돌리는 거야? 그래. 내가 작전 세력 바람잡이를 했으니까 그 점은 잘못했어. 그런데 그거 알아? 그 주식들은 조금만 살펴보면 개똥이란 걸 금방 알 수 있었다고! 머저리 같은 새끼가 일확천금에 눈이 멀어서 더블 체크할 생각도 안 하고 올인한 거잖아. 그것도 내 잘못이야? 응? 누가 목숨 걸라고 했어? 누가 영끌하라고 했냐고?"

현윤상은 컴퓨터 엔지니어로 대기업에서 근무했다. 전과는 물론이고 그 흔한 범칙금 한 번 내지 않았다. 결혼은 안 했고 가족은 파주에 사는 늙은 아버지뿐이었다. 3개월 전 췌장암 말기

판정을 받은 후 서울의 전셋집을 정리하고 아버지가 있는 파주로 내려왔다.

박중수는 서에서 보내 준 현윤상의 기록을 읽었다. 핸드폰으로 날아온 메시지에는 현윤상의 사진도 있었다. 평범하게 생긴 젊은이였다. 눈매가 선해 보였다.

"이제 5분 남았습니다!"

김민준이 말했다. 두 형사가 탄 차는 이제 시골길로 접어들었다. 흙먼지가 풀풀 날렸다.

"현윤상은 퇴직금과 모아놨던 돈, 그리고 암 보험금을 모두 주식에 투자한 모양이야."

기록을 더 읽어 내려가며 박중수가 말했다.

"왜 그랬을까요?"

"모르지. 치료야 가망이 없다니까 안 받을 수도 있는데 꽤 큰 금액을 왜 주식 투자에 사용했는지는 알 수가 없어. 알잖아? 기록에는 그런 이유 같은 건 안 나온다는 거."

"알죠."

박중수의 말에 김민준이 고개를 끄덕였다. 그러고는 물었다.

"어떻게 돼 가고 있어요?"

"잠깐."

박중수는 다시 유튜브 앱을 활성화했다. 영상이 떴다. 이성호는 미친 듯이 소리를 질러대고 있었다.

"…… 잘 들어. 똑똑히 들어! 주식이니 코인이니 부동산이니 하면서 등 떠밀린 것처럼, 어쩔 수 없이 선택한 것처럼, 이 사회가 아주 좆같아서 할 수밖에 없었던 것처럼 변명하지 말란 말이야. 다른 선택을 할 수도 있었어. 분명 그랬어. 이 빌어먹을 도박판에 뛰어들지 않을 수도 있었다고. 그 사실을 인정해! 내가 너 같은 머저리와 뭐가 다른지 알아? 난 남 핑계를 안 댄다는 거야. 그렇게 핑곗거리를 찾을 시간에 차라리 남을 이용해 먹을 궁리나 해. 뭐? 이제는 그럴 시간이 없다고? 좀 있으면 죽는다고? 크크크. 그거 잘됐네! 그렇다면 우리 죽어서 만나자!"

"어휴. 이성호도 거의 미친 것 같네요. 막 나가는데요?"

"그렇게 보이기도 하지만 의외로 효과가 있는 것 같아. 방금 처음으로 '좋아요' 수가 '싫어요' 수를 앞질렀거든."

댓글 반응도 달라지기 시작했다.

- 와! 사이다!

- 맞는 말이긴 하다. 속 시원하네.

- 이성호가 사기꾼이긴 해도 살인자보단 낫지!

- 우리 사람 한 명 살려봅시다!

박중수는 더듬더듬 암산을 했다. 그래도 아직 2500 차이가 나려면 한참 멀었다. '좋아요'가 빠르게 올라갔지만 문제는 얼마 남지 않은 시간이었다. 영상에는 카운트다운이 자막으로 나오고 있었다. 10분이 지나기까지는 채 2분도 남지 않았다. 끔찍한 공개 처형을 막을 사람은 이제 자신들뿐이었다.

"다 왔습니다!"

김민준이 소리쳤다. 멀미가 날 정도로 달린 보람이 있었다. 전방에 창고처럼 보이는 건물이 서 있었다.

"더 밟아!"

박중수는 핸드폰을 보며 외쳤다. 차가 맹렬한 기세로 창고를 향해 돌진했다.

끼익.

창고 문 바로 앞에서 차가 멈추자마자 박중수는 뛰어내렸다. 김민준도 권총을 뽑아들고 뒤를 따랐다.

"들어가자."

박중수가 창고 문을 발로 찼다. 김민준이 한 발 먼저 달려 들어가며 소리쳤다.

"경찰이다!"

"아……."

뒤따라 들어간 박중수는 자기도 모르게 탄식을 뱉었다.

"끝이야. 10분 지났어."

놈이 말했다.

"죽여라! 죽여!"

이성호는 고래고래 소리를 질렀다. 죽음을 직감했다. 눈앞의 차트가 그걸 말해 주고 있었다. 이성호라는 주식은 반등하지 못했다. 상장폐지 직전이었다.

"개새끼야, 빨리 눌러! 빨리 누르라고! 크크크."

그렇게 외친 후 입을 꽉 다물었다. 이번에는 분명 20짜리 전기가 날아들 것이다. 지금까지와는 비교도 안 되게 아프겠지. 심장이 미친 듯이 뛰었다. 각오를 했지만 그래도 떨리는 건 어쩔 수 없었다.

웅.

그 소리가 들렸다.

온다!

“으아아!”

이성호는 목이 터져라 비명을 질렀다. 지난날의 기억이 툭툭 튀어 올라 머릿속으로 들어왔다. 주마등처럼 스쳐 지나간다는 건 다 거짓말이었다. 차라리 차곡차곡 쌓인다는 표현이 어울리는 것 같았다. 머리가 무거워진다 싶을 정도로 엄청나게 많은 기억이 쌓이고 또 쌓였다. 감당할 수가 없었다.

“으아아!”

다시 비명을 질렀다. 그리고 죽음을 기다렸다. 하지만…….

뭐지?

웅, 소리가 들렸는데 찌릿찌릿 전기는 찾아오지 않았다. 이제는 그 웅 소리마저 잠잠했다. 조용했다. 너무나 조용해 자신의 숨소리가 고스란히 들릴 정도였다. 설마…… 죽었나? 그 생각을 하고선 눈만 껌벅였다. 그럴 리가 없었다. 이렇게 숨을 쉬는데, 아직도 이렇게 아픈데 죽었을 리가 없다.

“야!”

이성호는 놈을 불렀다. 대답은 돌아오지 않았다.

"장난치지 말고 빨리 죽여!"

여전히 아무런 말이 없었다. 장난은 아닌 것 같았다. 변수가 생겼다. 그렇게 생각할 수밖에 없었다. 이성호는 손을 움직여봤다. 빼낼 수 있을 것 같았다. 쓰리고 아팠지만 죽는 것보단 나았다. 피부가 다 벗겨진다 해도 손을 빼야 했다. 놈에게 문제가 생긴 지금이 기회였다. 사력을 다해 당기고 또 당겼다. 한 번 더 웅 소리가 들린다면 그때는 진짜 끝이었다.

"으으."

얼마나 힘을 썼을까, 드디어 손을 빼냈다.

됐다!

이성호는 자유로워진 두 손으로 가슴에 붙은 것들부터 떼어냈다. 이제 전기를 걱정할 필요는 없었다.

"됐다!"

목이 터져라 외치며 다리에 묶인 줄도 풀었다. 희망이 보였다. 보이는 정도가 아니라 코앞에 다가와 살랑살랑 꼬리를 흔들고 있었다. 그게 느껴질 정도였다. 탈출만 한다면 해결할 수 있다. 모든 걸 바로잡을 수 있다. 이 극적인 순간도 생생하게 중계

되고 있을 테니까.

다리도 풀어냈다. 이성호는 의자에서 일어나려다가 앞으로 넘어졌다. 무릎에 힘이 들어가지 않았다. 두 손으로 땅을 짚고 기었다. 어금니를 깨물고 필사적으로 기었다. 기고 또 기었다.

"도와주세요!"

기면서, 소리쳤다.

"살려주세요!"

자신의 외침이 영상을 보는 이들에게도 전해질 거라 생각하며 이성호는 더 크게 외쳤다. 놈은 아직까지 반응이 없었다. 어느새 모니터에 가까워졌다. 오른쪽 모니터에는 여전히 그 빌어먹을 차트가 떠 있었다. 모니터를 올려놓은 구조물을 붙잡고 천천히 몸을 일으켰다. 계속 돌아가고 있는 카메라도 보였다. 그때였다. 어둠 속에 도사리고 있는 무언가가 눈에 들어왔다. 사람인지 물체인지 알 수 없었다. 이성호는 모니터 뒤에 몸을 숨긴 채 소리쳤다.

"이제 끝났어. 포기해!"

주위를 둘러보며 무기가 될 만한 걸 찾았다. 바닥에 쇠파이프 하나가 무심히 뒹굴고 있었다. 구조물을 만들고 남은 것인 모양이었다. 이성호는 쇠파이프를 집어 들었다. 차갑고 묵직한 감촉이 손바닥을 타고 전해졌다. 든든했다. 죽어가는 환자 따위는 한 방에 물리칠 수 있을 것 같았다. 물론 경계를 늦출 수는 없었다. 놈 역시 무기를 들고 있을지도 모른다. 쇠파이프를 단단히 쥔 채 모니터에서 고개만 쏙 내밀어 외쳤다.

"가까이 오지 마!"

어렴풋이 보이는 형체는 움직임이 없었다. 어쩌면 방심하는 순간을 노리는 것일지도 모른다고 이성호는 생각했다. 이렇게 계속 대치하는 건 불가능했다. 몸이 정상이 아니었다. 점점 기운이 빠졌고 무엇보다 왼쪽 다리가 말을 듣지 않았다. 온몸 구석구석을 쓸고 지나간 그 우라질 전기 탓이었다. 상태가 더 심각해지기 전에 출구를 찾아야 했다. 조금이라도 힘이 남아 있을 때 놈을 해치워야 했다. 그러자면 역시 먼저 움직이는 수밖에 없었다.

"다가오면 이걸로 네 대가리를 깨버릴 거다."

이성호는 마음을 단단히 먹고, 쇠파이프도 단단히 잡고 어둠 속으로 한 발을 내디뎠다. 왼쪽 다리는 마치 비루먹은 개의 축 늘어진 꼬리처럼 바닥에 질질 끌렸다. 잠시 멈춰 서서 숨을 골랐다. 이성호는 자기 머리카락이 곤두서 있고 그 탓에 코미디 영화에서 벼락을 맞고 비틀거리는 얼간이 악당처럼 보인다는 걸 몰랐지만 탄내는 맡을 수 있었다. 털이든 피부든 끔찍하게 탔을 거라 생각하자 새삼 화가 치밀었다. 놈은 정말로 자신을 죽이려 했다. 그것도 통구이로 만들어서. 그러고 보니 대가리를 깨는 정도로는 분이 풀릴 것 같지 않았다.

쇠파이프를 예민한 더듬이처럼 앞에 세우고 걸음을 옮겼다. 스윽. 스윽. 왼발은 반 박자씩 늦게 따라왔다. 앞으로도 영영 그럴지 모른다고 생각하니 덜컥 겁이 났다. 하나 다행인 건 어둠에 눈이 익숙해지고 있다는 사실이었다. 몇 분 전보다는 조금 더 또렷하게 보였다. 당연히, 여태 어둠 속에 멀뚱히 서 있는 형체가 무엇인지도 알아볼 수 있게 되었다.

그건 빼빼 마른 인간이 아니었다.

링거를 걸어놓는 이동식 스탠드였다.

그리고 놈은…… 바로 그 뒤에 있었다.

휠체어에 앉아 등을 돌린 채.

딱 죽어가는 자가 쓸 법한 뜨개질한 모자가 휠체어 등판 위로 비죽 올라와 있었다. 이성호는 그 뒤통수에 쇠파이프를 겨냥한 채 천천히 다가갔다.

"움직이지 마. 움직이기만 해 봐!"

이제 휠체어 앞에 놓인 책상과 그 위의 컴퓨터, 그리고 바닥에 깔린 전선이니 모터 같은 것들도 보였다. 모니터는 꺼진 채 아래쪽 불빛만 깜박이고 있었다. 그 정도로도 충분했다. 그 깜박이는 빨간 불빛만으로도 저 멀리, 한 5미터쯤 떨어져 있는 출구가 보였다. 아무리 다리를 질질 끈다 해도 5미터는 금세 도달할 수 있는 거리였다. 문제는 휠체어였다. 휠체어에 앉은 놈이었다.

"야!"

이성호는 쇠파이프 끝으로 휠체어 뒤를 툭 쳤다. 반응이 없었다. 비틀비틀 휠체어 앞으로 갔다. 그리고…… 휠체어에 앉은 놈과 드디어 대면했다.

놈은 멍하니 앞을 보고 있었다. 그 눈에는 초점이 없었다. 움푹 들어간 양쪽 뺨은 누가 숟가락으로 퍼내기라도 한 것 같았다. 얼굴은 까맣고 입술은 반대로 너무 하얀 색이었다. 그 입술을 반쯤 벌리고 있었는데 그 사이로 침이 흘러내렸다. 다른 사람 눈에는 놈이 전기 고문을 당한 피해자로 보일 것이다. 이성호는 놈이 죽었다는 사실을 깨달았다. 손에는 다이얼, 빌어먹을

20까지 표시된 다이얼이 달린 리모컨을 쥐고 있었는데 아무래도 버튼을 누르기 직전에 놈에게 죽음이 찾아온 모양이었다. 찰나의 순간 삶과 죽음이 엇갈렸다. 놈의 오른손 엄지가 리모컨 버튼 위에 올라가 있는 걸 보자 이성호는 오싹 소름이 돋았다.

"떡락한 건 너였어."

이성호는 그렇게 중얼거렸다.

"상장폐지된 건 너였다고! 크크크."

통쾌했다. 역시 승리의 기쁨은 컸다. 강한 자가 살아남는 게 아니라 끝까지 살아남는 자가 강한 자라고, 어디선가 들었던 그 말을 떠올렸다. 그러면서 이성호는 키득거렸다.

"크크크."

쇠파이프를 지팡이 삼아 제법 빠르게 걸음을 옮겼다. 이제는 망설이거나 조심할 필요가 없었다. 출구는 철제문이었다. 그 문을 열고 나가기만 하면…….

"어?"

이성호는 눈을 끔벅이며 문을 살폈다. 손잡이가 보이지 않았다. 어두워서 그런 게 아니었다. 아예 손잡이가 달려 있지 않았다. 몸으로 문을 밀어봤다. 꿈쩍도 안 했다.

"씹할. 뭐야?"

당황스러웠다. 혹시 문을 여는 장치 같은 게 있는가 싶어 벽을 더듬어 봤지만 그런 건 만져지지 않았다. 바닥에도 없었다. 이성호는 쇠파이프로 문을 때렸다. 열리기는커녕 손만 아팠다.

"살려주세요! 누구 없어요?"

문에다 입을 가까이 대고 소리쳤다. 바깥에서는 아무 소리도 들리지 않았다. 이성호는 쇠파이프로 계속 문을 두드렸다. 누구라도 듣고 있기를 바라며. 분명히 공범이 있다. 이성호는 그렇게 생각했다. 휠체어에 앉을 정도로 상태가 안 좋은 놈이 대리기사를 가장해 자신을 납치할 수는 없었을 것이다. 그러고 보니…… 어젯밤 기억이 조금 더 선명하게 떠올랐다. 대리 기사는 분명 노인이었다. 어깨가 구부정한 남자. 잔기침을 계속 해대서 짜증이 났던 것도 생각났다.

"열어줘! 듣고 있는 거 다 알아! 열어달라고."

이성호는 계속 소리를 질렀다. 여전히 반응은 없었다.

침착하자, 침착해.

문에 이마를 대고 생각을 가다듬었다. 어차피 시간이 흐르면 경찰이 올 것이다. 라이브 방송을 경찰들도 봤을 것이다. 감시카메라니 블랙박스니 위치추적이니 아무튼 무슨 방법을 써서라도 범인을 잡고 선량한 사람을 구하는 게 경찰의 일 아닌가. 그러니 기다리면 된다.

기다리면, 누군가가 저 문을 열어줄 것이다.

박중수는 창고 천장에 목을 맨 채 죽어 있는 노인을 올려다봤다. 바짓가랑이를 타고 오줌이 뚝뚝 흘러내렸다. 노인의 눈알은 금방이라도 튀어나올 듯 불거졌다. 얼굴은 흙빛이었다. 그것만으로도 죽은 지 거의 반나절 이상 지났다는 걸 알 수 있었다.

"이런 게 있어요."

김민준이 바닥에서 종이 한 장을 집어 들었다. 아마 목을 매기 위해 노인이 밟고 올라갔던, 그러고 걷어찼던 탁자 위에 올려둔 종이이지 싶었다. 김민준은 종이에 적힌 내용을 읽어 내려갔다.

"저는 윤상이 아비입니다. 저 역시 폐암을 앓고 있습니다. 윤상이는 자기 병을 고치는 대신 주식으로 큰돈을 벌어 저를 고쳐 주고 가겠다고 했습니다. 하지만 일이 다 틀어졌고 결국 여기까지 왔습니다. 저는 윤상이를 도와 그 청년을 납치했습니다. 윤상이에게도 제게도 이제 남은 날은 없습니다. 저는 아들보다 먼저 갑니다. 윤상이가 그 청년을 정말로 죽이지는 않을 겁니다. 용서해 주십시오. 죄송합니다."

"이성호 빨리 찾자. 이 근처 어딘가에 있을 거야. 그 전에 지원 요청부터 하고."

박중수가 말했다. 그는 핸드폰을 꺼내 확인했다. 라이브 영상은 계속되고 있었다. 이성호가 앉아 있던 의자는 텅 빈 채였다. 카메라가 비추는 화면 밖에서 살려달라는 목소리가 들렸다. 사람들의 댓글이 계속 달렸다.

- 극적인 탈출인가?

- 와! 영화보다 재밌는 듯.

- 이성호 님, 응원합니다!

- 도대체 어떤 상황이야?

"선배님, 지원 요청했습니다."

김민준이 말했다.

"내가 바깥을 둘러볼 테니까 넌 안쪽을 뒤져."

"네."

박중수는 창고 밖으로 달려 나갔다. 마음이 급했다. 왠지 예감이 안 좋았다. 그 사이에도 영상 밑의 '좋아요'는 계속 그 수가 늘고 있었다.

이성호는 멍하니 모니터를 바라봤다. 모니터에는 여전히 자신의 주식 차트가 떠 있었다. 주가가 쭉쭉 올라 어느덧 2,500을 훌쩍 넘겼다. 웃겼지만, 웃을 힘이 없었다. 그저 입꼬리를 씰룩이는 게 다였다. 며칠이나 지났는지 알 수가 없었다. 다만 이제 한계라는 것쯤은 알 것 같았다. 완전히 말라버린 입안에서는 침도 나오지 않았다. 배고픔은 잊은 지 오래였다. 갈증도 마찬가지였다. 이성호는 자신이 미라처럼 보일 거라 생각했고, 그건 정답이었다. 숨을 쉬는 것도 힘들었다. 그나마 다행인 건 이제 더는 아프지 않다는 사실이었다.

어디서부터 잘못된 걸까?

계속 그 생각을 해봐도 답을 찾을 수 없었다. 이성호는 잠시 눈을 감았다가 떴다. 그 사이에도 차트는 눈에 띄게 변해 있었다. 쭉쭉 우상향 중이었다. 떡상이었다. 사람들이 계속해서 '좋아요'를 누르고 있다는 뜻이었다. 또 웃음이 나왔다. 이번에는 진짜로 웃었다.

"크크크."

그것이 이성호가 낸 마지막 소리였다. 그는 의자에 앉은 채로 고개를 숙였다. 이성호의 몸에서 조용히, 그리고 아주 부드럽게 숨이 빠져 나갔다. 평화로운 최후였다. 일주일 하고도 12시간이 지났다는 걸 이성호는 끝내 알지 못했다. 자신이 지하 어딘가에 갇혔다는 것도, 경찰이 그 위를 수십 번 왔다 갔다 하면서도 입구를 발견하지 못했다는 것도 몰랐다.

그리고 또 하나…….

현윤상은 자신이 직접 만든 고문 장치를 진실의 리모컨이라 불렀다. 그는 다이얼을 20에 맞췄다.

웅.

그 소리가 울려 퍼졌다. 이제 버튼만 누르면 될 일이었다. 그러면 자신의 역할도, 진실의 리모컨 역할도 끝난다.

현윤상이 버튼을 누르려던 바로 그 순간, 갑자기 죽음이 찾아왔다. 그야말로 기습이었다. 어쩌면 온몸으로 퍼져 버린 암세포 뒤에 숨어 있다가 기회를 노리고 발톱을, 죽음의 발톱을 휘두른 것일지도 모른다. 너무나 갑작스러운 공격이라 현윤상은 자신이 죽는다는 사실도 모른 채 죽었고 끝내 버튼을 누르지 못했다.

다이얼을 20에 맞추고 버튼을 누르면, 문이 열리게 되어 있었다.

물론 이성호에게는 비밀이었다.

이성호는 그렇게 많은 걸 모르는 채로 죽었다.

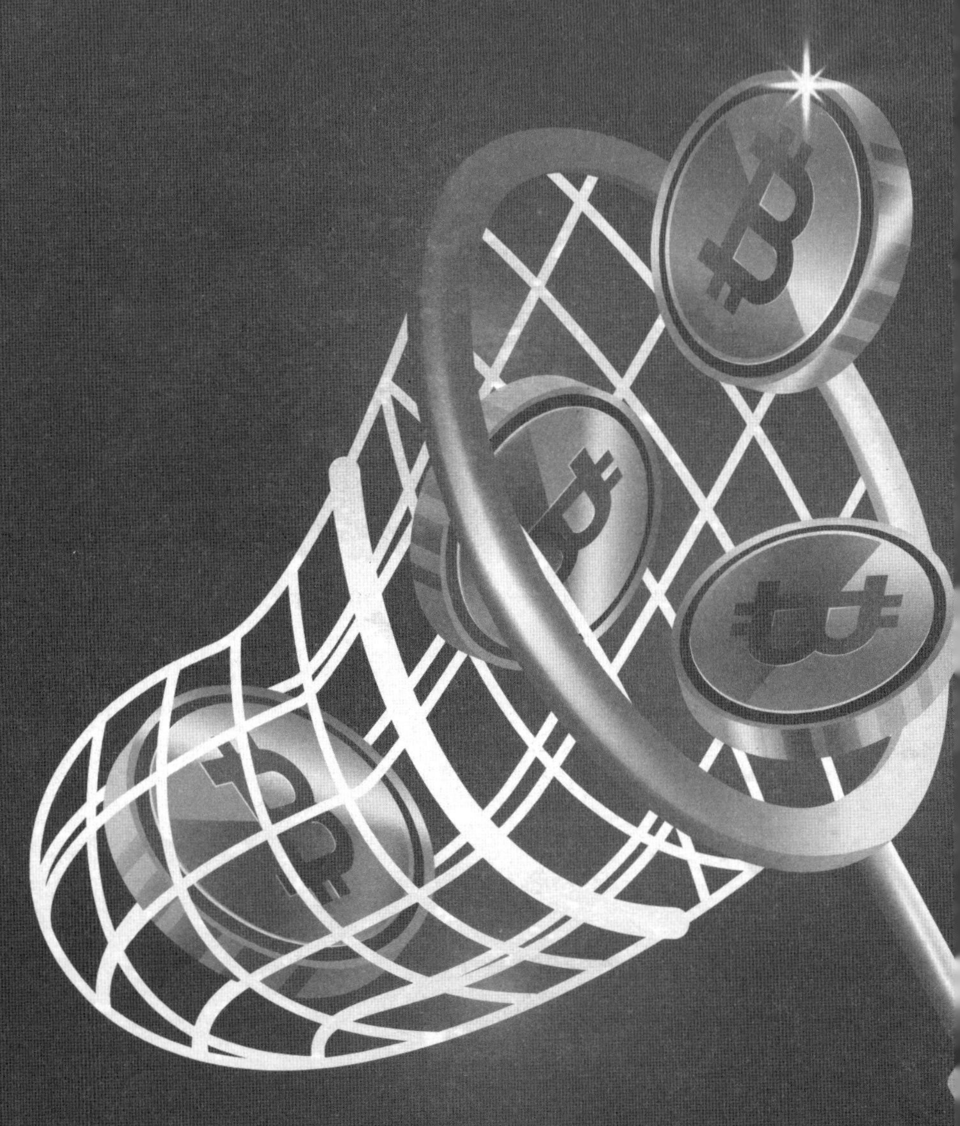

산동네의 MZ

유이립

가난한지 아닌지 잠시 속일 수는 있어도 결국 사는 곳을 통해 드러난다. 단층 판잣집, 반지하, 산동네. 재개발 지역. 이 모든 곳이 합쳐져 있는 곳이었다. 재개발 산동네 지역의 단층 판잣집이라고는 하지만, 안에 들어서면 바닥이 대략 20cm 정도 낮아 마치 반지하 같았다. 재개발을 앞두고 있다. 그런데 시체라니. 김여름은 핸드폰으로 라이트 조명을 만들어 바닥을 비추었다. 새까맣게 곰팡이 핀 장판에 누군가 누워있었다. 부채꼴 모양의 조명을 가슴까지 비추었지만 차마 얼굴까지 비추지는 못했다. 김여름은 혹시나 시체와 눈이 마주칠까 봐 무서웠다. 김여름 뒤에 서있던 고승우는 충격에 표정이 흐트러져 있었다. 평소에 생각이나 감정이 절대 드러나지 않았던 친구였다. 진짜 친구라는 의미가 아니라 동갑의 직장동료라는 의미였다. 김여름은 살금살금 뒷걸음질 쳐서 판잣집을 빠져나왔다. 이 시체 때문에 경찰 수사가 시작된다면 재개발이 늦어진다. 지금 여기에 물려있는 돈이 얼만데…… 그러면 안 된다. 재개발이 늦어지면 파산하는 사람이 생겨 생사람이 시체가 될 판이었다. 모든 게 무너질 전조였다. 김여름은 핸드폰을 들여다보며 112를 누를까 고민하다가 어떤 생각을 떠올렸다. 경찰에 신고하지 않고 시체를 숨긴다면? 이 시체 하나만 못 본 척하면 투자한 여러 사람이 살 수 있다. 매우 합리적인 계산이었다.

97년생 김여름은 흔히 말하는 Z세대였다. 군대를 일찍 갔다와서 일찍 졸업해버리니 취직할 때가 마땅치 않았다. 아웃소싱을 통해 공장 일을 전전하다가 구직사이트에서 우연히 경비 일을 발견했다. 사무실로 면접을 보러 오라고 하기에 가보니 산동네 재개발 지역에 컨테이너를 하나 박아놓고는 사무실이라 부르고 있었다.

"너 머리가 왜 그러냐?"

소장은 50대 중반으로 배가 불룩 나와 벨트 위에 걸쳐져 있었다. 코로나 때문에 착용한 마스크를 턱에 걸치고 있었다. 김여름의 탈모증세를 보고 한마디 했다.

"…… 탈모인데요."

"어린놈이 벌써부터…… 얼마나 고생했다고."

"탈모는 유전이니까. 어쩔 수 없죠."

"내 친구도 탈모인데 너 정도는 아니야."

"대머리 가지고 이러시면 안 되는데……."

"어린놈이 말 존나게 기네."

탈모는 어찌할 수 없는데 마치 어리다는 게 잘못인 것처럼 비난하는 말투였다. 김여름은 할 말이 없어서 어깨를 으쓱했고, 소장은 혀를 쯧 찼다.

삼 일 뒤, 고승우가 왔다. 특징 없는 헤어스타일에 마스크 사이로 보이는 턱이 단단해 보였다. 김여름의 가무잡잡한 피부와 달리 피부가 희었다.

"너 왜 경비 일을 하려고 해?"

"돈 벌려고요."

간결하고 무뚝뚝한 말 한마디로 고승우가 어떤 성격인지 짐작됐다.

"어린놈이 벌써부터…… 돈을 쉽게 벌려고."

소장은 이번에도 고승우가 어린 게 잘못인 것처럼 비난했다.

"여름아! 야! 니가 얘 데리고 일 가르쳐줘라. 순찰코스하고 일지 적는 법 가르쳐줘. 싹 다 가르쳐놔. 알았지?"

소장은 온 지 고작 3일 된 김여름에게 교육을 맡겼다.

"이리 오세요."

김여름이 고승우에게 말하자, 소장은 씨익 웃었다.

"야! 니들 동갑이니까 말 놔! 응? 친구 먹어."

"……."

"……."

50대 부모 세대들은 나이로 세상을 판단하기에 바로 반말했다. 이것을 잘 알고 있기에 김여름은 대꾸하지 않았다. '이제 그런 시대가 아닌데요?'라고. 어린 친구들끼리 만나도 절대 쉽게 말을 놓지 않는다는 걸 설명해도 알아들을 나이가 아니었다. 꼰대였다. 김여름은 고승우를 데리고 컨테이너 밖으로 나갔다.

컨테이너는 재개발 지역 산동네 입구 주변에 설치돼 있었다. 사람들은 이미 빠져나갔기에 고요했다. 건물 사이사이 침입을 막기 위해 노란 테이프와 경고문이 부착돼 있었다. 이곳에 누군가 오지 못하도록, 건물에 들어가지 못하게 막는 것이 김여름과 고승우의 일이었다.

산동네에는 일제강점기에 지어진 적산가옥이 있었다. 기와집이지만 일본에서 온 가난한 노동자들의 숙소였기에 으리으리하지는 않았다. 그 옆에 60~70년대 집들이 줄지어 붙어 있었다. 일명 하꼬방이라고 부르는 단칸방이었다. 창문들에 촌스럽고 투박한 격자 방범창이 붙어 있었다. 적산가옥과 하꼬방의 대문 옆에는 푸세식 화장실 입구가 붙어 있었다. 산동네 아래로는 80년대에 세워진 임대 아파트들이 줄지어 서 있었다. 산동네에는 그 흔한 편의점 하나 없었다. 누렇게 먼지 낀 창문과 촌스러운 간판의 슈퍼마켓이 있었지만 버려진 폐가였다. 뭔가를 사려면 임대 아파트 동네까지 내려가야 했다. 이 산동네에는 통신 단말기가 설치돼 있지 않기에 인터넷은 되지 않았다. 그럼에도 통화는 가능했지만, 산동네 깊숙이 들어가버리면 마치 높은 산에 간 것처럼 끊겨버렸다.

"……."

김여름은 고승우에게 순찰코스와 일지 작성에 대해서는 설명할 수 있었다. 하지만 편의점도 없고, 인터넷도 안 되는, 이토록 가난에 찌들고, 버려진 땅에서 일한다는 것에 대해 뭐라고 말해야 할까? 적산가옥부터 하꼬방, 임대 아파트까지 분명 대한민국이 걸어온 역사였지만, 97년생인 김여름 입장에서는 대한민국에 아직도 이런 곳이 남아있다는 게 믿기지 않다 못해 공포가 느껴질 정도였다. 좆같은 동네라 짜증 난다고 말해야 할까? 산동네는 분명 고지가 높은 곳인데도 햇빛이 똑바로 통하지 않아 온 동네가 그늘졌다. 사람을 깎아 먹는 음기로 가득 차 있었다. 순찰할 때마다 느껴지는 거북한 감정을 말로 표현하기 힘들었다. 핸드폰이 울렸는지 고승우가 핸드폰을 바라봤다.

"아…… 올랐나 했더니."

주식, 아이돌 음악차트 등 다양한 것이 있었지만, 김여름은 자신이 하는 게 있었기에 바로 떠오르는 게 있었다.

"코인 해?"

반사적으로 말했기에 반말이 튀어나왔다.

"응. 코인 해."

고승우가 반말로 대답했다. 둘 사이에 교류가 시작됐다.

"어떤 코인?"

김여름이 묻자 고승우가 대답했다.

"맥스캐시."

"…… 어. 난 씬토큰인데……."

"아, 그러세요."

"……."

이 대화를 끝으로 다시 존댓말 하던 사이로 되돌아갔다. 김여름은 고승우의 눈치를 의식했다. 고승우도 김여름의 눈치를 의식하는지 몸을 살짝 돌려 시선을 밖으로 돌렸다. 둘 다 아무 말 안 해도 긴장감이 감돌기 시작했다. 왜냐하면 서로를 죽여야 잘 되는 원수 관계의 코인을 거래하기 때문이었다. 사무실이라고 부르는 컨테이너에서 24시간 같이 붙어 다니며 일을 해야 하는데 내가 못되면 재가 웃고, 내가 잘되면 재가 우는, 그런 사이와 함께하게 됐다.

김여름과 고승우는 컨테이너 숙소에서 담요를 두르고 누워있었다. 회사가 숙소로 쓰라고 컨테이너를 하나 더 세워주었다. 소장이 계약직에게 이 정도로 신경 쓰는 회사가 어디 있냐고 생색을 냈다. 인근 단층 상가건물에서 전기를 끌어오기에 연장 케이블이 컨테이너 바닥을 지저분하게 가로질렀다. 용변과 세면도 상가 화장실에서 해결했다. 김여름과 고승우는 각자 담요를 두르고 서로를 등지고 누워있었다. 경비 일이라고 하지만 불침번이나 비상 알람 시스템도 없고, 그럴 일도 없으니 푹 잘 수 있었다. 그러나 늦은 밤까지 뭔가에 열중하고 있었다. 바로 암호화폐였다. 일명 코인이라고 불렀다.

김여름은 말이 많았고, 고승우는 말이 적었다. 투자 스타일도 달랐다. 김여름은 씬토큰이 메인이었지만 그 외 여러 암호화폐에 투자했다. 계란을 한 바구니에 담지 않고, 여러 바구니에 담는다는 투자 격언을 따랐다. 모아놓으면 꽤 큰 금액이지만, 한 코인이 떨어지면 다른 코인을 매매한 돈으로 메꾸었기에, 의미없는 폭탄 돌리기에서 벗어나지 못했다.

고승우는 우직하게 맥스캐시 하나만 투자했다. 오를 때까지 존나게 버틴다는 존버 철학을 실천했다. 하지만 꽤 큰 금액을 투자했음에도 갈수록 가치가 오르지 않고 떨어져서 팔지 못하는 상태, 일명 물려버렸다.

맥스캐시와 씬토큰은 경쟁 관계였다. 코인 가치를 책임지는 큰손들이 경쟁 관계에 있었다. 맥스캐시는 메이저 SNS 플랫폼 피그넷이 수백억을 투자했고, 씬토큰은 전기 자동차를 만드는 명품 자동차 기업 버드콥터 CEO가 개인적으로 밀고 있었다. 피그넷이 버드콥터의 전기 충전소 독점을 비판하는 기사를 검색 1순위로 올려버리자, 버드콥터의 CEO는 자사 자동차 소프트웨어를 피그넷과 연동되지 않게 업데이트해 버렸다. 이로 인해 경쟁구도가 형성됐다. 이제 내연차에서 전기차로 넘어가는 시기이기에 피그넷 입장에서는 버드콥터가 계속 보이콧해 버리면 손해가 발생했다. 차는 바꿀 때 막대한 비용이 들지만 SNS는 다른 플랫폼을 사용하는 것으로 문제를 매우 쉽게 해결할 수 있었다. 피그넷에 불리한 상황이 됐다. 피그넷은 버드콥터의 주식에 영향을 끼치기 위해 안 좋은 기사, 부정적인 리뷰와 피드백을 검색 상위권에 올려버렸다. 그리고 특정 SNS만 차단하는 건 위헌이라고 소송을 걸었다. 두 기업이 싸울 때마다 주식시장이 요동쳤다. 코인 판에서는, 버드콥터 CEO가 맥스캐시 큰손들을 회유하여 코인을 팔게 유도했다. 피그넷은 씬토큰에 대한 정보를 의도적으로 가려 인지도를 떨어뜨렸다.

김여름과 고승우는 투자했던 코인이 상대의 음해공작으로 피해를 봤기 때문에 처음 보는 사이임에도 이미 쌓인 감정이 있었다. 그렇기에 김여름과 고승우는 서로에게 깍듯하게 존댓말을 써서 거리를 두었다. 눈앞에 있어도 무관심하게 서로를 외면했다. Z세대 특유의 개인적인 성향 때문에 서로 친해질 필요를 느끼지 못했고, 거리가 있는 게 되레 편했다. 야밤에 서로 등을 돌리고 각자 핸드폰으로 유튜브를 보고 있었다. 임대 아파트 통신 단말기에서 선을 끌어와 인터넷을 연결했다. 사무실에 와이파이 공유기를 설치했기에 컨테이너 일대만 인터넷이 가능했다.

김여름은 코인 투자 채널을 보고 있었다. 주식시장에서 차트나 흐름을 읽어서 좋은 종목을 추천하거나 자문하는 모임을 리딩방이라고 한다. 코인 판도 주식시장을 흉내 내어 리딩방이 형성돼 있었다. 그냥 유튜브를 시청하는 게 아니라 사전에 돈을 내야 볼 수 있는 프리미엄 리딩방이었다. 핸드폰 화면 속 남자 강사는 얼굴이 하얗고, 캐쥬얼 정장에 동그란 안경을 끼고 있었다. 까불거리는 태도로 확신에 가득 찬 이야기를 시작했다.

"코인이 처음 등장했을 때 정치병 걸린 애들이 뭐라 했어? 민중의 화폐라고 했지? 개소리야. 코인 붐이 부니까 서민 위한다는 정치인들이 그랬지. 규제해야 한다고. 그런데 그 양반들 일부가 갑자기 강남 가서 살아. 자식들은 미국으로 유학을 갔어요. 서민이 투자하는 건 규제한다고 겁을 주며 코인 가격을 오르락내리락 만들더니 자신들은 갑자기 어디서 돈이 났을까? 지들도 코인 해먹은 거지. 지금 부자들, 큰손들이 코인에 얼마 넣는지에 따라 값이 널뛰잖아. 이래도 정말 민중의 화폐야? UFC 선수에게 배팅했다고 니가 진짜 싸우는 거 아니잖아? 그러나 UFC 선수 성장에는 도움이 되잖아. 주식시장 선물옵션에서 설탕 샀다고 니가 진짜 사탕수수 밭에서 일하거나, 설탕이 너한테 오는 게 아니잖아? 이게 뭔 소리냐? 코인은 새로운 주식이고, 선물옵션이지. 투자를 모르니까, 경제원리를 모르니까. 마음만은 낭낭하고 달달하고 스윗하게 민중의 화폐라는 개소리가 나와. 세상을 바꿀 혁명적인 기술이라고? 요즘은 헛소리도 에스에프 공상

과학 수준이야. 엠엠방에서 이상한 소리로 사람들에게 바람 넣는 거야. 끊임없이 코인에 관심 가지라고, 코인으로 뭔가 할 수 있다는 착각에 마음이 낭낭해지라고. 내가 전에도 말했지? 코인들은 각자의 엠엠방을 두고 있어. 속아 넘어가면 안돼."

MM(Market Making)은 코인 시장을 관리하거나 조작하는 행위를 뜻했다.

"코인의 블록체인 기술이 어쩐다, 저쩐다 하는데. QR코드도 혁신기술이야. 그런데 코로나 전에 어디에 사용했는지 알아? 아무도 모르잖아. 블록체인과 QR의 공통점이 뭔지 알아? 감시기술이고, 감시도구야. 뭘 모르니까 미래를 바꿀 겁니다, 하는 거야. 어쩌면 실은 엄청 위험할지도 몰라. 세상은 분명 변하겠지. 그러나 모든 걸 바꿀 만능은 아니야. 우리는 다만 이걸 비즈니스적으로 돈이 된다는 관점으로 봐야 해."

고승우는 자기계발 채널을 보고 있었다. 눈썹이 짙은 보수적인 정장을 입은 남자가 근엄한 태도로 단호하게 말했다.

"여러분, 우리 모두 경제적 자유를 꼭, 반드시 얻어야 합니다. 경제적 자유를 얻는 방법은 단순해요. 극도로 아껴야 합니다. 남들에게 인색하다는 소리를 들을 정도로 자신의 자원을 아껴야 해요. 자원에는 시간, 능력, 의지, 감정이 있습니다. 하루에 쓸 에너지에는 한계가 있습니다. 효율적으로 쓰기 위해서는 시간을 낭비하지 않고, 자신에게 이득이 되는 판단력이 몸에 배어야 합니다. 이러면 쓸데없는 감정소비를 하지 않게 됩니다. 감정소비도 에너지 낭비입니다. 꼭 할 말만, 필요한 의사표현만 하는 걸 권장합니다. 에너지를 아껴서 우리는 무엇을 해야 할까요? 부자가 돼야 합니다. 경제적 자유를 얻으려면 노동만으로는 안 됩니다. 현명한 투자 습관이 필요합니다. 우리가 아낀 에너지를 투자 공부와 현명한 투자 습관 형성에 쏟아야……."

실은 오늘 김여름과 고승우는 투자에 실패했다. 맥스캐시, 씬토큰 모두 폭락했다.

김여름은 다른 코인을 팔아서 본전을 맞추려 하고, 고승우는 폭락했어도 물렸기에 빠져나오지 못하고 더 많은 돈을 들이부었다. 둘 다 마음이 씁쓸하지만, 곁에 있는 사람과 대화하기보다는 유튜브 방송을 보고 있었다.

"실패하면 반성해야 합니다."

김여름과 고승우가 보는 방송들이 똑같은 소리를 하기 시작했다.

"반성할수록 멘탈이 강해져. 다른 건 부족해도 멘탈만은 반드시 강해져야 해! 투자하는 법은 스킬이 2, 마음 다스리는 심법이 8이야. 헛소리가 아니라 강한 멘탈이 진짜 정석적인 투자법이고 증명된 진리야. 이런 건 꼭 적어둬."

"자기계발의 정석 같은 말이 있습니다. 세상이 이상한 게 아니라 네가 잘못한 겁니다. 네가 바뀌어야 합니다. 반성을 통해 강해져야 합니다. 반성을 통한 멘탈 강화가 반드시 실행돼야 합니다."

"까놓고 말해서, 네가 시장의 변화에 요지부동해서 잘못했으니 코인 말아먹은 거지. 반성해! 그리고 멘탈을 갈고 닦아! 강해져야 해!"

"여러분이 자기계발에 100프로 집중 못한 것은 멘탈이 흔들렸기 때문입니다. 반성하고 멘탈을 강화하세요! 강해지지 않을 겁니까?"

반성하라는 소리가 좁은 컨테이너에 가득 차올랐다. 김여름은 잠깐 가난한 가족들을 떠올렸다. 퇴직 후 허리가 아프신 데도 물류센터 일용직으로 출근하시는 아버지. 집 근처 식당에서 설거지하는 어머니. 돈만 주면 들어가는 지잡대에 들어갔기에 제 앞가림 못할 게 분명한 여동생. 고승우는 아무 말 하지 않고 규칙적인 숨소리만 냈다.

"반성!"

"반성!"

반성하라는 소리가 컨테이너를 넘어 산동네로 퍼져나갔다.

김여름과 고승우가 아직도 모르고 있는 사실이 하나 있었다. 오늘 낮에 이 산동네 재개발 공사를 어느 건설회사가 맡을 것인지 결정됐다. 대문 입구 옆에 푸세식 화장실이 딸려있는 이 산동네가 귀한 동네가 될 것이라는 의미였다. 그 건설회사의 하청 경비업체가 이 동네를 돌보는 경비 일을 인수했다. 귀한 동네가 될 투자자산을 관리하기 위해 앞으로 매우 바빠질 터였다.

"야, 내가 전 소장에게 들었는데 니들 코인 한다며? 땀 흘려

일할 나이에 무슨 투자야! 반성해야 해, 알아? 일 잘하는 법 가르쳐줄테니 잘 들어!"

벨트 위로 똥배가 불쑥 나왔던 소장은 간다는 말 한마디 없이 사라지고, 다른 소장이 왔다. 김여름은 뒤늦게 경비업체가 바뀌었다고 들었다. 계약서도 새로 서명했다. 새로 온 소장은 대략 50대 중반쯤 돼보였다. 두상이 앞뒤로 긴 장두형에 얼굴이 누렇고, 말처럼 길어 뺀질뺀질한 느낌을 주었다. 아침조회라며 없었던 의식을 만들더니 김여름과 고승우를 컨테이너 앞에 세워두었다. 마스크를 내려 턱에 걸치고는 열변을 토했다.

"내가 S로 시작하는 대기업에서 부장하다가 은퇴했어. 내 이름은 신용석이고 55세니 자네들 부모뻘이지. 586세대라고 들어봤지? 자네들 젊으니까 내가 반말할게. 내가 어떤 사람인지 말해줄게. 학교 다닐 때 선생님이 잠깐 수업 중에 어딜 가시잖아? 그때 애들보고 조용히 하고 있으라고 하잖아. 근데 애들 다 떠들어. 난 정말 선생님이 오실 때까지 조용히 있었어. 선생님 오시면 떠든 애들 보고드리고 선생님께 이쁨받았어. 나 군대에서도, 솔직히 니네는 다 빠지게 생활했잖아? 나는 정말 FM으로 생활했어. 그리고 빠진 애들 다 보고드리고 간부들에게 이쁨받았어. 대학 때 말이야. 교수님들 오시면 수업하는 내내 매일 캔커피 갖다 바치고, 친구들 돈 모아서 교수님들 생일선물 사드렸어. 내가 또 그래서 이쁨받았어. 지금은 퇴직했지만 회사 다닐 때는 말이야. 1시간 일찍 출근해서 우리 부서 전원이 일찍 출근하도록 유도했어. 그러니까 내가 이사님들께 이쁨받지 않았겠어? 이제 일 어떻게 하는 건지 감이 오지 않아?"

어쩌라고? 김여름은 이 생각밖에 떠오르지 않았다. 가식이나마 대단하다는 반응을 보여야 하나? 힐끗 고승우를 쳐다보니 고승우는 속내를 알 수 없는 무표정이었다.

"니들 왜 대답이 없어? 젊을 때는 이렇게 일해야 돼. 쉽게 돈 벌려고 하는 것 반성해야 해. 무슨 코인이고 투자야. 땀 흘려 일해야지. 앞으로 우리 이렇게 일하자는 뜻이야. 내가 마음만 먹으면 니들 당장이라도 땀 흘리게 할 수 있어. 못할 것 같아?"

어제 반성했다. 투자를 위해서. 그런데 오늘은 투자를 하지 말라고, 반성하라고 한다. 김여름은 한순간에 부아가 치밀어 올랐다. 이 새끼가 언제 봤다고 나한테 반성을 요구하는 거야? 내가 코인 해서? 내가 젊기 때문에? 김여름은 땀 흘려 일한다는 말이 제일 싫었다. 이제 노동해봐야 투자수익을 따라잡지 못한다. 우린 뉴스도 안 보는 줄 알아. 취업, 부동산, 주식 모든 헤게모니를 다 뺏고는 일만 하라고? 싫어. 노동해봤자 아무것도 가질 수 없어. 그리고 사람은 본래 일하기 위해 태어난 존재가 아니야. 일하기 싫어. 죽어도 반성할 생각 없어. 혹시나 고승우가 뭔 대꾸를 할까? 쳐다보니 아무 말 없었다. 김여름은 고승우를 따라 아무 말도 하지 않았다. 신 소장은 어깨를 늘어뜨리며 실망스러운 표정을 지었다.

"니들 쉽게 가려고 했더만. 두고 보자."

김여름은 오전 순찰을 마치고 컨테이너로 돌아왔다. 고승우와는 거리가 있기에 각자 따로 도는 게 마음이 편했다. 그래도 일이기에 뭔가 형식을 갖추고 싶어서 고승우는 왼쪽부터, 자신은 오른쪽부터 돌기로 결정했다. 신 소장이 컨테이너 뒤편에서 누군가와 통화하는 소리가 들려왔다.

"이 나이 먹어서 짤리고 오갈 데 없어서…… 내가 이런 곳에서 이렇게까지 하며 살아야 하는지…… 은퇴는 했지만, 자식은 아직 크고 있잖아. 돈은 돈대로 들어가고. 오갈 데 없고, 그렇다고 놀 수만 없으니까 경비 일이라도 해야지. 아, 맞아. 요즘 애들

건방지다. 어린 나이면 힘들게 돈 벌어야지. 쉬운 경비 일을 하고 있어. 게다가 벌써부터 애들이 투자를 하네? 아니. 주식 말고 코인이라고 알지? 암호화폐인가? 가상화폐인가? 하는 거 말이야."

힘들게 벌면 병원비로 나가니까. 가능한 한 쉽게 돈을 버는 게 현명한 일 아닌가? 김여름은 돈은 힘들게 벌어야 한다는 소리가 제일 싫었다. 자신이 알기로는 저 세대는 젊은이들에게 공장 가라고 하지만 정작 자신들은 공장에 가지 않았다. 남자들은 대학에 가고 누나와 여동생들이 공장에서 일하던 시대였다.

잠시 후, 신 소장은 컨테이너 사무실로 들어오더니 김여름에게 엑셀을 할 줄 아냐고 물었다.

"할 줄 아는데요."

"그럼 해봐."

소장이 손으로 일일이 작성한 일지를 김여름에게 내주었다. 김여름은 엑셀로 옮기다가 감을 잡았다. 대기업을 다녔다는 인물이 엑셀을 할 줄 모른다?

"엑셀 못하세요?"

혹시나 해서 직접적으로 물었다. 신 소장은 길쭉한 얼굴로 오히려 의아하다는 표정을 지었다.

"계산은 쉽게 하면 안 돼. 어렵게 해야 틀리지 않아. 그러다 보니 엑셀을 안 다루는 거야."

이 일지에 숫자가 뭐 있는가? 날씨와 입출입자 이름과 특이 사항만 적을 뿐인데.

"할 줄은 몰라도, 틀리면 내가 다 알아본다. 너 조심해라."

으름장을 놓았다. 김여름은 신 소장이 왜 잘렸는지, 잘린 후 오갈 데가 없는 이유를 알 것 같았다. 신 소장은 의자에 눕듯이 기대더니 혼잣말 하듯이 툭툭 던졌다.

"하, 애들 크는데 250 가지고 어떻게 살라고. 여기서 버텨야 노다지가 터지니까 버티지만……."

김여름은 소장은 대충 그 정도 받는구나, 짐작했다. 할 줄 아는 것 없고, 배우려 하지 않는 50대 남자에게는 그 정도도 과분하지 않을까? 하는 생각이 들었다.

"여기 건설이 시작되면 일대에 역이 하나 더 생기고, 부동산이 상승해. 이렇게 큰 관점으로 보는 거야. 세상과 같이 이롭게 된다는……. 코인이 사회에 무엇을 기여하는데? 기생충 같은 거야. 하지 마. 반성하고 착하게 살아."

김여름은 대꾸하지 않았다. 부동산, 건물주 좋은 것 누가 몰라? 그런데 586의 것이니까. 내가 가질 수 없잖아. 부동산, 주식은 중앙집권적이었다. 코인이 탈중앙적이라고 하지만…… 실상은 그렇게까지 탈중앙적이지 않았다. 그래도 부동산, 주식과는 달리 자신이 상승에 동참할 수 있기에 피부로 민감하게 느껴졌다. 잠시 후 엑셀 작업이 끝나자 신 소장이 나가자고 했다. 순찰 코스를 바꾸겠다며 의욕을 부렸다.

"봐. 이렇게 돌아다니면 운동도 되고, 얼마나 좋아. 내 나이 때 이 정도로 돌아다니는 체력이 누가 있어?"

신 소장은 산동네 정상에 오르자 금방이라도 숨넘어갈 듯 굴었지만 그래도 입만은 멈추지 않고 재잘거렸다. 의욕적인 척했지만, 나이 먹고 온 동네를 돌아다니는 건 힘든 일이었다. 특히 사람을 갉아먹는 음기로 가득 찬 재개발 지역에서는 더욱 힘들었다. 산동네 정상에 가난한 사이비 종교가 기도방으로 사용했던 공동주택 하꼬방들이 있었다. 이 집들만 공동마당이 있었고, 마당 가운데 마중물을 부어 사용하는 작두펌프를 두고 있었다. 이곳 정상에 오르면 바보가 아닌 이상 보인다. 쉬운 길을 일부러 어렵게 올라왔다는 것을.

"나이는 숫자에 불과해. 언제든지 나처럼 다시 시작할……."

신 소장은 눈치챘는지 말꼬리가 가늘어졌다. 쉬운 길을 똥개 훈련하듯이 일부러 어렵게 돌아왔다. 앞으로 이런 식으로 대하겠다는 무언의 선언이었다. 김여름은 자신을 쳐다보는 신 소장의 눈초리를 느꼈지만 고개를 돌리고 핸드폰을 만지작거렸다. 오갈 데 없는 50대 남자가 노려봐도 무서울 것 하나 없었다.

"…… 그러지 마. 제발 그렇게 살지 말라고. 쉽게 살려하지 말라고……."

할 말이 없었는지 한숨 섞인 설교가 나왔지만…… 자식뻘에게 무시당하는 걸 잘 알기에 말에 힘이 없었다. 김여름은 무시하고 홀로 산동네를 내려갔다. 신 소장은 한참 늦은 오후가 되어서야 무릎에 한손을 대고 비틀거리며 정상에서 내려왔다.

신 소장은 그다음 날 고승우에게 다가가 같은 편으로 만들려고 이런저런 말을 주고받는가 싶었지만, 고승우는 김여름보다 더 무뚝뚝하기에 신 소장은 자신의 편이 하나 없이 혼자가 돼버렸다. 김여름은 고승우와 게임 무료 배포라든가, 게임 리뷰에 대해서는 대화를 나누었지만 신 소장에게는 말 한마디 걸지 않았다. 고승우는 애초에 말이 없기에 거의 입을 열지 않았다. 신 소장은 사무실에 있기보다 무릎을 삐걱거리며 컨테이너 뒤로 돌아가 누군가와 통화하는 시간이 늘어갔다.

586세대의 중년 남자가 자식뻘들의 따돌림을 이기지 못했는지 어느 날 출근하지 않았다. 본사에서 김여름에게 전화가 왔다. 굵직한 목소리가 시원스럽게 말했다.

"자네가 김여름인가? 만나서 반가워. 신 소장은 나이 있으니 힘들어서 못 하겠다고 갑자기 관뒀어. 몸이 힘드니 멘탈이 깨진 모양이야. 다른 일로 재배치해 달라는데 뭘 할 줄 아는 게 있어야지. 조금만 기다리면 새로운 소장을 보낼 거야. 그때까지 알아서 잘 해주게나."

김여름은 한순간 신 소장이 그 나이에 무엇으로 먹고살까 걱정했지만, 자신이 알 바가 아니었다. 나 살기도 바쁜데 감히 반성을 요구하기에 같이 지낼 수 없었다. 꼰대. 그뿐이었다. 그런데 노다지라고 했던 말이 생각났다. 재개발하면 터지는 게 있지만, 그걸로 혜택을 보는 건 재개발에 연관된 사람들이었다. 그런데 경비 서는 사람까지 뭘 바란다? 자신과 고승우는 모르는 어떤 인센티브가 있나? 여기서 일하는 건 김여름 자신과 고승우뿐이고, 소장들은 자리만 차지할 뿐인데…… 재주는 곰이 부리고, 돈은 사람이 챙긴다고. 일하는 사람이 모르는 무슨 일이 일어나는 건가?

"여기서 일하면 무슨 좋은 일이 있나요?"

김여름은 새로 온 소장에게 직접 물었다. 새로 온 소장은 자신의 이름이 정상오라고 했다. 큰 얼굴에 눈썹은 짙고 눈 밑이 두툼했다. 마스크를 턱까지 걸쳐놓고는 침을 튀기며 말했다.

"아이 새끼가. 첫 출근해서 책상에 앉자마자 질문이야. 무슨 일 있냐고? 젊은 놈이 이렇게 눈치 빠르면 안 되는데…… 한참 땀 흘려 일할 나이에. 여기 어디가 맡을 것인지 회사 결정됐잖아. 밀월그룹. 너 젊은 놈이 벌써부터 이런 거 신경 쓰면 안 돼. 그냥 시키는 대로 묵묵히 일해. 그럼 좋게 되는 거야."

"누가 상전인지 알아야 묵묵히 일하죠."

"어린놈이 상전 따지는 것 봐라. 너 나중에 입이 문제겠다? 내가 올해 57세야. 니네들 부모님뻘이야. 앞으로 내 자식같이 생각해서 잘 봐줄게. 좋지?"

코인과 연관된 정보가 김여름의 감각을 예민하게 일깨웠다. 밀월건설은 밀월그룹에 속해 있었다. 그룹의 후계자가 솔로몬이라는 메신저 회사를 세웠다. 솔로몬은 메신저에서 사용이 가능한 암호화폐를 개발했는데 일명 D72 코인이라고 불렀다. 최근에 밀월그룹 회장의 건강이 안 좋아졌다고 뉴스에 나왔다. 후계자가 그룹을 승계하려면 먼저 가장 많은 지분을 가지고 있는 밀월건설부터 접수해야 한다. 후계자가 밀월건설을 접수하면 솔로몬의 주식은 즉시 가치가 상승한다. D72 코인도 상승한다.

"야! 너 그렇다고 밀월이 재개발 수주 따냈다는 것 동네방네 떠들면 안 돼! 바깥에 소식 퍼지면 부동산이며, 주식이며 쭉쭉 올라가. 니가 감당할 수 있겠어? 신 소장이 오갈 데 없지만 그래도 여길 왜 왔겠어? 투자하려고 냄새 맡고 온 거지. 여기 진짜 경비회사가 아니야. 간판만 경비회사이고 돈 굴리는 곳이야. 전 재산을 여기에 투자하고 취업한 거야. 전 재산을 여기에 투자한 리스크를 감하려고 여기에 취업한 걸로 올려주고 월급 넣어주는 거지. 내가 경비 일 해봤을 것 같아? 나도 처음이야. 이런 식으로 챙겨줄 사람들이 다 있어. 이 컨테이너 사무실에 등록된 소장과 이사만 해도 수두룩해. 너희들 잘해야 해. 그 사람들 늙어서 투자해야 해. 나이 먹은 사람들은 일 못해. 투자해야 해. 여기 재개발에 물려있는 사람들 많아. 개발 늦춰지거나, 망하면 다 죽고, 다 시체 되는 거야. 너 입 얌전히 다물고 있어라. 아직 젊으니 장님처럼 못 본 척, 벙어리처럼 묵묵히 일하면 어른들이 이뻐하지 않겠냐? 그럼 좋지?"

여기서 실제로 일하는 사람은 김여름 자신과 고승우밖에 없는데, 늙어서 투자로 쉽게 먹고살려는 꼰대들을 위해 열심히 일하라고? 김여름은 자신이 어디에 묶여 있는지 알게 됐다. 꼰대 하나 쫓아냈다고 좋아했는데 이제 와 보니 부처님 손바닥 안이었다.

"너하고 아까 봤던 그 친구 코인 한다며? 세상에 부동산이 있고, 주식이 있어. 하려면 그런 걸 하지, 왜 애들처럼 이상한 걸 해? 그런 건 신용이 없어. 인생 쉽게 살려는 양아치들이나 하는 거야. 반성해서 정신 차리고 건실하게 살아. 돈 모아서 저축하고, 적금 들고, 부모님 갖다드리고 그렇게 살아야지. 어린놈들이 투자는 무슨…… 그건 나이 먹어서 일할 수 없는 어른들이 하는 거야. 너희 인생에 반성해. 건실하게 살아. 그럼 좋은 거야. 좋지. 좋아."

김여름은 반성하지 않았다. 꼰대들이 말하는 반성은 길들이기였다. 절대 넘어가면 안 된다. 뒤에 기척이 느껴지기에 뒤돌아보니 어느새 고승우가 사무실 안에 들어와 있었다.

"……."

아무렇지 않은 척 핸드폰을 들여다보고 있었지만 김여름은 왠지 고승우의 속마음을 알 것 같았다.

김여름은 그 후 순찰 도는 내내 궁리했다. 반드시 D72 코인을 사야 했다. 나중에 후계자가 그룹을 승계하고, 또 재개발 수주 발표가 나면 더블로 상승한다. 현금이 얼마 없기에 어떻게 씨드머니, 투자할 돈을 모을까 고민이었다. 얼굴 안 비춰도, 디지털로 대출받기 쉬운 세상이었지만, 이미 여러 곳에서 대출받았기에 신용이 하락해 있었다. 이자를 밀리지 않고 내고 있는데도 다른 곳에서는 더 이상 대출심사를 통과시켜 주지 않았다. 저 멀리 골목 사이로 고승우가 눈에 들어왔다. 한 치의 동요 없이 자기의 순찰코스를 돌고 있었다. 저번에 맥스캐시와 씬토큰이 일제히 폭락한 다음 날 떠보려고 물어보니 고승우가 오로지 맥스캐시에만 투자한다는 걸 알아냈다. 한곳만 우직하게 투자하니까 황금이 될 정보가 들어왔어도 무관심한 표정이었다. 뒤돌아선 김여름의 귀에 뭔가가 들렸다.

"김여름 씨, 여기요!"

고승우가 부르고 있었다.

"여기 사람이 있어요!"

그럴 리가? 김여름은 자신의 순찰코스와 고승우의 순찰코스가 겹치는 곳이기에 혹시나 책임을 질까 봐 후다닥 달려갔다. 반지하는 아니지만 바닥이 땅속에 박힌 하꼬방의 창문 안으로 웬 사람이 누워있었다. 조심스레 문을 열고 습기로 뒤틀리고 곰팡이가 핀 지저분한 장판을 밟으며 다가가니 시체였다. 이러면 안 되는데, 여기 물려있는 사람들 많다는데…… 이 시체 때문에 공사 지연되면 생사람들이 시체 되는데……. 김여름은 조심스레 되돌아 나왔다.

달이 떠오른 한밤중이었다. 하얀 와이셔츠와 정장을 입은 밀월건설 본사 사람들이 컨테이너 주위에 몰려 웅성댔다.

"햐 씨발."

"나가리네. 나가리."

"잠만 있어 봐. 경찰들에게 뽀찌 먹였으니 달라질 거야."

"요즘은 협찬이라고 한데요. 뽀찌라니 기분 나빠하던데요?"

시체를 발견한 김여름의 연락을 받자마자 퇴근을 준비하던 정 소장이 후다닥 올라왔다. 김여름과 고승우를 와락 떠밀어 죄인처럼 컨테이너에 가두고는 본사에 보고했다. 초저녁에 접어들자 검정색 승용차들이 산동네 오르막길을 줄지어 올라왔다.

"학생, 학생 몇 살이야? 졸업했어? 아무튼 하는 일이 그거니까. 가서 사진 좀 찍어 와요. 바보같이 만져서 지문 묻히지 말고."

본사 사람들은 차마 시체가 있는 집으로 직접 들어가지 못하고 김여름에게 시체를 찍어오라고 시켰다.

"와…… 진짜 시체네. 이제 공사 잘 풀린다 했더니만……."

"하필 주저앉은 곳이 똥밭이야."

자기들끼리 한탄하고는 경찰을 불렀다. 경찰들이 왔는데, 푸른 정복을 입은 순경 아저씨들이 아니라, 사복을 입은 형사들이었다. 팔뚝을 드러낸 반팔을 입은 우악스런 아저씨들이 신발을 벗지 않고 컨테이너로 들어왔다. 담배를 피우며 짧게 몇 마디 물었다.

"언제 봤어?"

"니들 그 사람 오는 것 못 봤어? 새끼들 빠져가지고."

김여름은 자기가 생각하기에도 경비 일을 하면서 알아채지 못한 게 부끄러웠다. "거짓말 하지 마! 딱 본 것만 얘기해!"

정 소장은 자기가 경찰인 것처럼 끼어들어서 김여름과 고승우를 닦달했다. 정 소장은 형사들 옆에서 경찰 놀이하는 게 재미있었는지 추리나 알리바이 같은 전문적인 용어를 써대며 흥분했다. 형사들은 달이 떠오르는 한밤중이 될 때까지 본사 사람들과 대화하더니 순찰차를 불러 시체를 검정색 바디백에 담고는 사라졌다. 어? 그냥 갔어? 노란 테이프 두르고, 과학수사대에서 나와 지문 찍고, 발자국 조사하고 그런 거 아니었어? 김여름은 뭔가 이상한 걸 느꼈다. 잠깐 화장실 가면서 동정을 살피려 하니 정 소장이 김여름의 가슴팍을 어깨로 밀치며 컨테이너에서 나오지 못하게 막았다.

“야, 어딜! 어딜! 들어가 있어!”

“화장실요.”

“싸지 마! 나오라고 할 때까지 나오지 마!”

컨테이너 밖에서 밤새도록 말소리가 들려왔다. 목소리가 낮아서 뭐라 하는지 알 수 없었지만 팽팽하게 당겨진 긴장감이 느껴졌다. 그런데 갑자기 긴장감이 사라지더니 화기애애한 분위기가 감돌았다.

“아~ 그래도 간만에 산에 오니까 좋다.”

“예. 여기도 산은 산이지요.”

자기들끼리 농담하는 게 들려왔다. 저 꼰대 자식들이 오줌도 못 싸게 가두어 놓고는 무슨 헛소릴 지껄이는 거야. 김여름이 화가 나서 청소용 빗자루로 컨테이너 벽면을 요란하게 두드리니 소장이 벌컥 문을 열고 들어왔다.

“왜?”

아까의 죄인 취급을 깡그리 잊어버린 맑고 개운한 표정이었다.

“화장실요.”

"어? 가."

자신이 못 가게 막은 걸 잊어버렸는지 물어보는 김여름을 이상하게 쳐다봤다. 김여름이 지나가니 본사 아저씨들이 한마디씩 했다.

"저 친구 마스크 봐."

"얼마나 답답하겠어?"

"젊은 시절 절반을 날리네. 쯧쯧."

아저씨들은 하나같이 마스크를 턱에 걸치고는 담배를 피우거나, 핸드폰을 들여다보고 있었다. 꼰대들이 이 시국에 마스크 제쳐 놓고 뭐 하는 거야? 내가 쓰는 걸 불쌍하게 생각하면 자기들도 써야지. 김여름은 속으로 욱한 걸 숨기지 않았다. 표정을 단단히 굳히고는 아저씨들 사이를 헤치며 지나갔다.

"표정 봐. 요즘 애들 무서워."

"그거 한 마디 했다고…… 재네가 Z세대지?"

"재네들 입단속 시켜. 재네한테도 협찬 먹여서라도……."

김여름은 바보가 아니었다. 경찰들이 왜 그냥 갔는지 뽀찌, 협찬이라는 단어를 통해 대략 추론할 수 있었다. 이 일은 그냥 덮인다. 덮기 위해 밤새도록 협찬을 뿌리거나 약속했을 터였다.

잘 끝났기에 화기애애한 분위기겠지. 그런데 자신과 고승우도 비밀을 알고 있다. 김여름은 상가 화장실에서 소변을 보고 개수대에서 손을 씻으며 거울을 들여다봤다. 그럼 우리도 뇌물을 받을 자격이 있다.

다음 날 오전 11시. 정 소장은 사무실로 김여름과 고승우를 불러들였다. 평소에 쓰지 않아서 접어놨던 의자 두 개를 소장 책상 앞에 펼쳐 놓고 있었다.

"앉아 봐. 얘기 좀 하자. 어제 일 덮을 거야. 너희도 잊어버려. 그럼 좋아질 거야."

시체유기를 덮는다? 김여름은 어제부터 예상했기에 놀라지 않았다. 이미 군대를 통해 돈만 있으면 뭐든지 할 수 있다는 걸 알았다. 군대에 있을 때 있는 집 자식이 휴가 나가면 중대장이 집까지 데려다주고, 데려왔다. 심지어 휴가 나간 상태에서 부모가 전화로 휴가 연장을 요구하면 들어주었다. 노래방에서 알바하던 친구가 말하길 노래방에서 맥주하고 과자 팔고, 도우미 부른다고 누군가 신고하자 경찰들이 왔는데, 노래방 주인이 나서서 뇌물을 줬다. 이걸 은어로 협찬이라고 했다. 그러자 단속 안

하고 그냥 되돌아갔다고 했다. 경비 근무 제대로 하지 못해서 부끄러운 게 다 사라졌다. 진짜 반성해야 할 사람들은 부끄러워 하지 않는다.

"그 시체 여기 사람 아니래. 다른 곳의 노숙자래. 누군가 여기 재개발 훼방 놓으려고 던져놓은 거야. 살인 아니고 그냥 노숙으로 자연사한 걸로 추정되니까 그냥, 그냥 넘어가기로 했어. 내가 너희도 고생했으니 수고비 좀 주라고 졸랐어. 100만 원 정도 얘기가 나왔는데……."

역시 우리도 뇌물을 받는다는 생각이 드는 순간,

"그래도 너희가 잘못했잖아. 너희 일인데 똑바로 못했잖아? 반성해야지. 반성문 써줬으면 해. 솔직히 너희가 못한 거잖아? 좋게 인정해."

"……."

김여름은 할 말이 없었다. '솔직히 너희 잘못'이라는 말이 맞아서가 아니라, 시체유기를 덮는, 더 나쁜 놈들은 반성문 안 쓰나? 라는 생각이 들었다. 우리 잘못이 있다면 당신들 잘못도 있었다. 당신들은 어디다 반성문을 낼 것인가?

"어린 친구들이 이런 일 그냥 넘어가면 사회생활 그래도 되는 줄 알아. 교육 차원에서 내가 반성문 받으려는 것이니까…… 좋게, 좋게 생각해.”

고승우가 갑자기 마스크를 내리고 버럭 역정을 질렀다.

“반성문은 무슨?! 사람 둘로 이 동네 전부를 지키라는 게 말이 돼요? 투자를 하려면 돈을 쓰고, 사람을 써야지. 이도, 저도 안 해놓고, 둘 다 아껴서 똥 밟아놓고 누구에게 뒤집어씌우려고!”

맞는 말이긴 한데, 너무 크게 나갔다. 김여름은 정 소장이 자신의 나이를 강조하는 건 귓등으로 넘겼지만, 지위가 상관이라는 건 무시하지 못했다. 이 친구 잘리겠구나. 이제 나 혼자 근무서겠네. 밤에 무서워서 어떡하지?

“…… 너 화나니까 무섭다.”

정 소장은 이 한마디만 할 뿐 더는 입을 열지 못했다. 침묵이 이어졌다. 김여름은 쉽게 꼬리 내린 정 소장의 기세를 살피다가 뭔가 파고들 거리를 생각해 냈다.

“돈 대신 D72 코인으로 주면 안 돼요? 한 번만, 아니 앞으로 근무하는 내내, 그리고 계약 종료 후에도 비밀 지킬 테니 계속 주세요. 우리 둘한테 매달 50만 원어치씩 넣어주세요.”

아직 D72 코인이 1만 원대였다. 유명한 메신저 회사가 만들었지만, 비타코인이나 어더리움 같은 메이저 코인처럼 유행을 타지 못했기에 성장이 정체됐다. 메이저 코인처럼 진짜 돈처럼 인정해주는 거래처도 없었기에 쓸모가 없었다. 돈을 잠시 넣어 놨다가 그냥 팔 수밖에 없다. 진짜 돈으로 가짜 돈을 산다는 비난이 괜히 나온 게 아니었다. 심지어 D72 코인을 솔로몬 메신저 내 스킨구입에 사용할 수도 없었다. 이거라도 하면 오를 텐데, 라는 전망이 있었지만 하지 않았다. 항간에서 D72 코인을 사는 사람들의 투자 기대심리는 D72 코인이 아니라 밀월그룹 후계자이자 솔로몬 창업자인 CEO라는 말이 있었다. 그래서 유행을 타지 않는데도 가격이 떨어진 적은 한 번도 없었다.

"제정신이야? 진짜 돈 거부하고 가짜 돈 달라는 게? 어려도 너무 어리고. 이건 책임감이 없는 정도야. 부모님을 생각해서 이러면 안 돼."

"…… 잇."

고승우가 폭발하여 뭔가 말하려 하자, 김여름이 자신도 모르게 손을 내밀어 고승우의 말을 막고 대신 말했다.

"게임 사려고요. 게임 회사들이 돈 대신 암호화폐를 받아요."

게임. 일부러 어려보이는 소재를 꺼내며 어린 척 연기했다.

"어느 은행에서 받는데? 어차피 가짜 돈이잖아?"

"암호화폐는 계정을 키라고 불러요. 솔로몬에서 키를 만들어서 저희 이메일로 보내주시면 되는데……."

"그래. 그래라."

게임을 사려한다는 애 같은 말에 정 소장은 가엾은 표정을 지으며 쉽게 허락했다. 정 소장이 본사에 연락을 넣었다. 요구가 통했는지 본사에서 각서를 요구해왔다. 김여름과 고승우는 반성문 대신 비밀유지 각서를 썼다. 김여름은 컨테이너 숙소에서 엎드려서 각서에 서명할 때, 고승우가 옆에 똑같이 엎드려 서명하다가 잠시 자기 얼굴을 쳐다보는 걸 의식했다.

조민수는 찢어진 흔적 같은 가느다란 눈에 이마가 너무 길어서 모자를 써도 챙이 눈 위로 내려오지 못했다. 자기 딴에는 미용실에 가서 꾸몄지만 이마가 너무 길어서 무엇을 해도 폼이 살지 않았다. 머리카락을 덥수룩하게 길어서 이마를 덮으려 했지만 나이가 있기에 머리카락이 뜻대로 많이 자라지 못했다. 표면적으로는 부동산 회사에 취업한 직원이었지만 실상은 반은 합법적으로 살아가는 직원인 척, 나머지 반은 불법을 저지르는 반달이었다. 건달이 전업 불법자라면 반달은 필요할 때만 범죄를 저질렀다. 엊그제도 범죄를 저질렀다. 지방으로 내려가는 고속도로 옆 폐가에 버려진 노숙자 시체를 어느 산동네에 몰래 던져놨다. 골목에 버리면 문제가 너무 커질까 봐 안이 훤히 들여다 보이는 하꼬방에 놔두었다. 나중에 전화해서 위치를 알리고 협박할 계획이었는데, 경찰차 한 대가 산동네를 오르락내리락하는 걸 보니 이미 알아챈 것 같았다. 그런데 뉴스에 나오지 않고, 경찰차가 더는 나타나지 않는다? 어떤 식으로든 덮은 걸로 보였다. 조민수는 산동네 인근 모텔에 장기 투숙하고 있었다. 부동산 회사라고 하지만 자격증도 남에게 임대받은 것으로 실상은 위장회사였다. 건설 자재회사를 운영하는 아는 회장님이 돈을 대주었다. 이른바 밑천을 대주는 전주였다. 전주가 시키는 대로 시체를 던져놔서 재개발판을 휘저을 생각이었는데 잠잠했다. 큰 회사가 재개발 혼자 먹지 말고 자재 유통은 조그만 회사에 떼어 달라는 일종의 시위였다.

"이거 되면 김 군에게도 크게 챙겨줄게."

라고 전주가 말했지만 조민수는 믿지 않았다. 86년생. MZ세대의 M이라고 하면 젊게 들리지만 이제 마흔이 코앞인 나이였다. 2, 30대를 스마트폰을 팔며 보냈기에 다른 걸 할 수 있는 경력이 없었다. 마흔이 코앞이 되도, 아니 마흔을 넘어도 부동산은 갖기 힘들었다. 왜냐하면 부동산은 이제 막바지이기에 탐욕스러운 꼰대, 586들이 나눌 리가 없었다.

"기대 안 해요. 요즘 코인이 유행이라고 하는데…… 차라리 씨드머니나 적선해주세요."

"김 군, 사람 다시 보이네? 내 누누이 말했지. 투자를 하랬지. 투기는 하지 말라고. 왜 도박을 하려고 해?"

자기들은 정수기, 폰팔이, 중고차, 노가다 일꾼들에게서 상납받는 일명 똥떼기, 부동산 떴다방으로 성장했다. 죄다 좋은 일이 아니었다. 586세대들이 코인에 대해서 모를 리가 없지만 끼어들려 하지 않았다. 배우기 어렵고, 배우기엔 늙었다. M세대라고 하면 젊게 들리지만, 조민수 자신이 생각하기에는 젊지도, 늙지도 않은 애매한 세대였다. 지금은 부동산으로 먹고살기 힘들다. 중고차 시장도 과열됐다. 사람들도 이제 똑똑해서 폰팔이에게 의존하지 않고 핸드폰을 직접 산다. AI 시대도 곧 온다고 한다. 미래를 알아야 했다. 미래를 알지 못하면 살아갈 수 없는 순간이었다. 미래는 코인이라고 조민수는 확신했다. 이 산동네만 마지막으로 작업하고 코인 매매방이나 리딩방을 차려야겠다는 계획을 세웠다. 왜 직접 코인하지 않느냐? 하면, 이 대한민국에서는, 육체 노동판에 인력사무소와 아웃소싱이, 웹툰이나 개발자 같은 디지털 판에도 에이전시나 플랫폼같이 중간에 알선으로 먹고사는 업체가 생겼다. 직접 하지 않고, 알선으로 산다. 열심히 일하는 사람들에게 빨대 꽂아놓고 빨아먹는다. 이것도 일종의 기술이고 투자였다. 주식 때처럼 코인도 여러 종목 찔러보다가 성공한 거래 하나만 있으면 된다. 간판으로 걸어놓으면, 리딩방을 차리거나, 전업 투자자들을 위한 전용 피시방인 매매방을 차릴 수 있었다. 과거 자신의 윗세대들은 손으로 일했다. 조민수 본인도 손으로 일하는 걸 보며 자랐지만 이제는 핸드폰으로 일했다. 어린애들이 핸드폰으로 돈을 버는 걸 보면 세상이 무서워졌다. 그런데 애들이 발랑 까진 게 아니었다. 일해 봤자 자기 집을 못 산다. 그런데 투자로는 살 수 있다. 일해 봤자 노예다. 그러나 투자로는 자유도 살 수 있다. SNS와 유튜브에 돈지랄, 돈 자랑하는 유명인들이 늘어났다. 어린애들도 이 꼬라지를 보는데 세상 돌아가는 원리를 모를 리가 없었다. 애나 어른이나 일하기 싫어지는 세상이었다. 조민수는 왜 MZ라 부르며 애들과 자신을 하나로 묶는지 이해하지 못했다. 디지털에 능숙하고, 투자에 대한 마인드가 다른 Z세대는 두려움의 대상이었다. 아랫세대에게 추월당하지 않으려면 하루라도 빨리 배워야 했다. 늙어가고 있으니 시간이 많지 않았다. 이번 산동네 건만 끝낸다면…….

당신들이 이곳을 떠나지 않으면 피바다로 만들어주겠다.

누군가 붉은 피로 A4용지에 협박을 써놓았다. 오르막길을 통해 산동네를 올라오면 컨테이너 사무실과 마주치기 전에 버려진 적산가옥을 마주하게 되는데 그곳 대문에 붙여 놨다. 산동네라 CCTV가 없어 누가 그랬는지 알 수 없었다.

"이거 진짜 아니야. 조무래기들이 공사 같이 먹자고 시위하는 거야. 신경 쓰지 마!"

김여름과 고승우가 정 소장에게 보고하자 정 소장은 김여름과 고승우가 문제를 만든 것처럼 되레 화를 냈다. 사무실 밖으로 나가 컨테이너 뒤로 돌아가서는,

"아, 애네들이 또 문제를 가지고 왔어요. 이번엔 협박문을……."

마치 김여름과 고승우의 잘못인 것처럼 짜증스런 어조로 본사에 보고했다. 김여름은 문가에 서서 정 소장이 뭐라 하는지 엿들었고, 고승우는 감정을 드러내지 않았다. 잠시 후, 정 소장이 씩씩대며 돌아왔다. 비장한 어조로 입을 열었다.

"어떤 미친놈들이 오더라도 버텨야 해! 여기 재개발 지연되면 비용이 증가해. 니들하고 내 집 팔아도 그 비용 변상 못해! 수상한 사람들 보면…… 봐도 절대 경찰에 신고하지 마. 번거로워져. 개네들 사고 쳐서 지연시키거나, 시빗거리 잡아서 소송 걸거야. 절대 책잡히면 안 돼. 그럼 좋아질 거야."

"만약에 칼을 들고 오면요?"

김여름이 물었다.

"그래도 하지 마! 정하고 싶으면 우선 나한테 물어봐! 내가 안 되면 하지 않는 거야!"

“…….”

김여름이 머릿속으로 계산해보니 예전에 대화 도중 알게 된 관리자의 집은 이 일대가 아니었다. 다른 시에서 이곳으로 출퇴근하고 있었다.

“소장님 안 계실 때 한밤중에 이상한 일이나 사람들이…….”

“하지 말라고! 너희가 센스 있게 대처해! 왜 이렇게 책임감이 없고, 힘알이가 없어! 여기 재개발 공사 발표되면 밀월그룹 주식이며 이 일대 부동산까지 모조리 상승해! 여러 사람 먹고살 비즈니스가 생겨. 여기에 투자한 사람들 다 챙겨줘야 해. 나이 있으신 분들은 일 못해. 투자해야지. 여기에 여러 사람 목숨 걸려있어. 너희가 지켜야 해. 제발 책임감을 가져!”

지들이 투자한 것은 지들이 지켜야지. 왜 우리보고. 노친네들 잘살자고 젊은 우리가 목숨을 걸어야 해? 김여름의 어이없는 표정을 보고는 정 소장이 켕겼는지 말했다.

“야, 너 말이 많다.”

“말이라니. 내가 무슨 말 했어요?”

삐딱한 말대답에 정 소장은 팔짱을 끼고는 몸을 반쯤 돌렸다.

“표정이 좀 그렇잖아. 내가 나쁜 사람이 된 것 같잖아. 그래,

너희가 이렇게 나오니까 나도 마음 편히 말할게. 코로나 때문에 본사에서 앞으로 비대면 근무하래. 나는 앞으로 출근하지 않거나, 출근해도 여기 오래 못 있어."

"예?"

정 소장은 책상 뒤로 가더니 컴퓨터를 끄고는 자기 짐을 정리하기 시작했다.

"하루에 세 번 전화할 거야. 내 이메일로 순찰일지 보내줘. 코로나 때문에 어쩔 수 없잖아. 조금만 지나면 다 좋아질 거야."

"저희는요?"

고승우가 나지막하게 물었다. 정 소장은 저번에 고승우가 버럭 소리 지르며 대든 이후로 어렵게 대했다.

"…… 코로나로 젊은 사람은 안 죽는대. 솔직히 너희는 젊으니까 고생해야지."

본래 토요일 저녁까지 근무하고 일요일에는 정 소장이 근무를 교대해줬다. 김여름이 토요일을 뺏긴다는 불합리한 느낌에

감단직 노동법에 대해 알아보았다. 근무강도가 낮고 대기시간이 길고, 근무와 휴식시간 구분이 복잡하기에 법이 애매했다. 나중에 정 소장에게 따지려고 세세하게 알아보니 그래도 여기가 최저임금보다 150프로나 더 주고, 주휴수당과 토요일 특근수당도 200프로 쳐서 칼같이 챙겨주었다. 경비, 보안 일에서 이렇게 돈 주는 곳은 흔치 않았다. 정 소장이 "책임감을 가져!"라고 윽박지를 만했지만, 이건 정 소장 입장일 뿐이었다.

정 소장이 비대면 근무를 핑계로 자리를 뜨자 고승우는 평소대로 근무서고, 휴식하고, 핸드폰을 만지작거렸지만, 김여름은 당장에 컴퓨터에 달려들어 이것저것을 알고자 했다. 본래 경비근무는 소장을 제외한 4인 2조로 선다. 자신과 고승우는 같은 조였다. 다른 조에는 한 번도 보지 못한 사람들의 이름이 올려져있었다. 이름 옆에 표시된 나이대가 50대였다. 이름만 걸어놓고 돈을 타먹는 게 분명했다. 이러니 책임감을 가질 수 없었다. 을이 갑 입장을 생각해 줄 필요가 없었다. 4인이 할 일을 2인이 하라고 빨대 꽂혀 있었다. 돈을 많이 주기는 하지만 출근하지 않은 사람들의 주차와 특근수당에서 빼내어 주는 게 분명했다. 다른 사람들 이름도 있었다. 이 좁아터진 조그만 컨테이너 사무실에 등록된 사람들로 모두 이곳에서 현장 근무한다고 되어 있었다. 직책도 이사, 수석, 책임, 현장소장 등 다양했다. 김여름은 자신의 USB에 사람들의 명부를 옮겨 담았다.

코로나가 더욱 심해졌기에 모든 분야에 비대면 근무가 시행됐다. 무선 인터넷은 되지 않지만, 아랫동네에서 따온 인터넷 선으로 와이파이 공유기를 작동시켰기에 바깥소식을 대략 알 수 있었다. 김여름이 산동네에서 내려다보니 비대면 때문에 사람들과 자동차 통행량이 줄어드는 것이 분명하게 드러났다. 사람소리와 자동차 소리가 줄어들자 산동네가 마치 무인도처럼 느껴졌다. 점점 추워지기는 하지만 한가롭게 햇살이 내리쬐고, 바람도 강하지 않고 선선한 게 아무도 없는 세상에 혼자 존재하는 것 같은 느낌이 들었다. 김여름이 산동네 정상에서 내려다보니 들쭉날쭉 높낮이가 다른 지붕들이 평소에는 더러워보였지만 지금은 지방도시의 조용한 일상 같았다. 맥스캐시가 상승했다. 씬토큰은 하락했다. 고승우에게는 좋은 일이었지만 티를 내지 않았다. 원래도 말수가 없는 스타일이었기에 속내가 어쩐지 알 수 없었다. 김여름 자신의 속은 알 수 있었다. 타들어 갔다. 하지만 세상이 비대면으로 멈춰가고 있었기에 해고당하는 사람들도 있었다. 자신은 그나마 돈을 벌고 있었다.

휴학하고 군대 가기 전에 잠시 중소기업의 공장에서 일한 적이 있었다. 대우가 후지고 구렸기에 남들이 좆소라고 부르는 곳이었다. 못 배워먹은 꼰대들이 신참들에게 "야!", "새끼!"라고 호통치며 조금의 실수도 용납하지 않는 살벌한 태도로 일했다.

"우리 열심히 살고 있어! 인생은 이렇게 땀 흘리며 사는 거야!"

그치들은 이렇게 떵떵거렸다. 그러나 어차피 힘들게 번다고 해도, TV에 나오는 연예인처럼, 돈지랄하는 SNS 유명인들처럼 살 수 없고, 내 집 가지기도 힘든 세상이었다. 그렇다면 No Money, Low Life. 조금 벌고, 부담 적게 사는 게 나았다.

젊은 사람이 경비 일 한다고 하니 산동네 아랫동네 식당에서도 은근히 무시했다. 그래도 몸이 편하고, 돈을 쉽게 벌고, 오늘처럼 풍경이 좋아 보일 때도 있으니 여기가 공무원처럼 평생직장이었으면 했다. 이런 비굴한 생각에 수치심이 들 때도 있었다. 그럴 때면 핸드폰을 꺼내어 코인 시세를 살폈다. 오로지 코인만

이 이 비굴한 현실을 벗어나게 해줄 수 있었다. 김여름이 지금 씬토큰 시세를 확인해보니 여전히 폭락 중이었다. 맥스캐시는 상승 중이었다. 내가 안 되는데, 쟤는 되다니. 고승우가 미웠다.

김여름은 계란을 한 바구니에 담지 않고, 여러 바구니에 담는다는 격언에 따라 씬토큰을 비롯해 여러 개의 코인에 투자했다.

그런데 씬토큰을 비롯해 투자한 모든 코인이 일제히 폭락했다. 잠재력 있는 씬토큰을 위해 다른 코인을 팔아 메꾸려 했지만 메꿀 수 없게 됐다.

고승우는 존나게 버틴다는 존버 철학을 좇아 맥스캐시 한 코인만 투자했다.

그러나 사는 사람이 없기에 팔 수 없었다. 상승하는 어느 시점에 팔아서 현금화해야 했었다.

둘은 똑같은 생각을 했다. 남의 투자자산, 산동네에 정성을 쏟다가 자신의 투자를 소홀히 했다. 이건 반성해야 한다. 김여름과 고승우는 아무런 말도 주고받지 않았지만 둘 다 똑같은 생각을 했고, 인정했다.

두 번째로 반성하는 시간이었다. 고승우는 순찰을 마치고 돌아와 컨테이너 숙소 뒤에서 담배를 꺼내 물었다. 해가 지는 게 이제 금방 어두워질 터였다. 왜 자신의 투자에 집중하지 못했는가, 왜 파는 때를 놓쳤는가? 반성하고 있었다.

김여름은 순찰을 느릿느릿 천천히 돌며 투자 플랜이 어그러진 것에 대한 반성을 했다. 싼 게 비지떡이라고 남들 안 주워 먹는 마이너 코인만 따먹으면 이런 날이 올 줄 알아야 했는데 안일했다고 자책했다. 숙소로 돌아와서 고승우가 담배 피우는 모습을 처음 보았다. 고승우는 답답한 일이 있을 때마다 한 대씩 피웠다. 김여름은 그전에도 알려면 알 수 있었겠지만 고승우에게 선을 그어놓았기에 알려고 들지 않아서 그가 흡연한다는 사실을 정말 몰랐다. 김여름은 고승우가 기분이 좋아서 담배를 피우는가 싶었다.

"떡상 했으니 좋겠어요?"

"팔리지가 않아……."

고승우가 힘없는 혼잣말로 대답했다. 그러자 김여름의 기분이 좋아졌다. 코인은 주식과 똑같이 투자를 통해 가치가 상승한다. 그리고 행복과 불행 역시 똑같은 원리로 작동한다. 주식에서 가장 뇌가 즐거운 순간은 다른 사람이 나보다 불행한 거래를 했을 때였다. 코인 역시 똑같았다. 김여름은 금방 행복해졌다.

"난 폭락했어요. 망했어. 한강물 가야지."

저쪽이 망했기에 예의상 말하는 엄살이었지만, 고승우 역시 기분이 좋아졌다. 김여름의 씬토큰이 폭락했다는 건 알고 있었지만 당사자 입으로 불행하다는 소리를 들으니 무표정했던 입가가 실룩 움직였다. 반성하기 위해 침울해졌던 내면이 밝아졌다.

"…… 여자 친구 있어요?"

고승우가 물었다. 김여름은 고개를 저었다.

"사귄 적도 없고 필요도 없어요. 나 먹고살기도 힘든데……. 고승우 씨는요?"

"저도 없어요. 사귄 적도 없어요. 사귀고 싶지도 않아요. 돈이 있어야지."

김여름과 고승우의 이성에 대한 대화는 이상하지 않았지만 서로 성 경험이 없는 동정이라는 걸 눈치챘다. 학교는 어디 나왔냐? 라는 대화가 돌자, 서로가 가까운 위치의 인서울 대학을 나왔다는 걸 알게 됐다. 엠엠방, 채굴업자, 투자에 처음 뛰어든 시기 등 각자가 알고 있는 코인 지식을 나누었다. 별 대단한 지식들은 아니었다. 인터넷을 통해 떠도는 잡지식이었다. Z세대 특유의 너무 많이 배워서 아는 것도 많은, 그러나 너무 방대하고 얇았기에 가치가 없었다. 게다가 자기가 통찰한 지혜는 하나도 없었다. 아니 하나 있었다. 고승우가 말했다.

"달마다 D72 코인 지급해달라고 요구해줘서 고마워요. 내가 봐도 이건 나중에 떠요. 미리 선점해야 해요."

선점. 투자라는 경제활동이 익숙하기에 선점이라는 경제 용어도 술술 나왔다. 김여름이 아는 체했다.

"세상의 큰 흐름이나 기세가 불어오면 올라타야 해요. 금수저 님들이 움직일 것 같으면 우리도 쫓아가야죠. 부자를 흉내 내는 게 바로 투자죠."

큰 흐름, 기세, 금수저. 예전에는 부당한 독점이라고 했지만 요즘 투자 혹은 자기계발 유튜브에서는 부자들의 선한 영향력이라고 표현했다. 가난을 정신병이라 부르며 실컷 비하하고는 부자가 되는 방법을 가르쳐 준다며 현혹했다. 별 내용은 없었다.

너의 존재와 시간을 재물로 바쳐서 돈 될 것 같은, 돈이 되는, 돈이 많은 사람들을 숭배하고, 정신과 육체 모두 흉내 내라. 김여름이 어깨에 힘을 주고 목소리를 내리깔며 허세를 부렸다.

"…… 그러니까 솔직히 저한테 고맙다면 나중에 D72 코인이 떡상할 경우 20프로만 내주실래요?"

경제적 사고. 투자, 자기계발 유튜브에서 권고하는 처신이었다. 투자방에서 투자를 일상적으로 하라고 충고했다. 사람에게도 투자해놔야 한다. 자신에게 빚을 지게 해야 한다. 김여름은 자신이 안 될 때, 되는 고승우가 미웠다. 앞으로 그런 일이 없도록 내가 불행할 때, 네가 행복해지지 말도록, 꼰대들이 자신에게 빨대 꽂은 것처럼 자신도 고승우에게 빨대를 꽂고 싶었다. 자신보다 불리한 처지나 지식이 없는 사람에게 자신의 일을 싼값에 하청을 주거나, 이익을 분배받는 것. 고상한 경제 용어로 아웃소싱, 레버리지라고 불렀으나 사람에게 빨대 꽂는 짓이었다. 유튜브 강사들은 이것도 투자라고 가르쳤다.

"……."

고승우는 담배가 필터까지 다 타들어 가는데도 대답하지 않았다.

조민수가 야밤에 산동네로 잠입하여 협박용으로 죽은 개 사체를 걸어 놨다. 무엇을 잘못 먹었는지 혀를 길게 빼고 죽은 하얀 잡종 개였다. 모텔로 돌아와 전주에게 현장 사진을 보내어 보고했다. 그러자 곧바로 전화가 걸려 왔다.

"이 답답한 사람아, 개 사체를 걸어두라 했더니 개 사체를 찾아다녔어? 그 일대가 못 사는 동네잖아. 주인 없는 똥개 없었어? 개 한 마리를 못 잡아서 뒤진 개를 찾아다닌 거야? 우리 때는 퇴근하는 길에 개 한 마리 잡아서 바로 된장 발랐는데…… 답답하기는."

조민수는 전주가 어떤 시대를 살았는지 잘 알고 있었다. 인사치레로 여자 엉덩이를 만지는 것을 당연히 여기고, 주인이 있든, 없든 개를 뻥뻥 걷어찼다. 전주의 목소리가 잠시 멈추는 사이 TV 소리가 들려 왔다.

"요즘 젊은이들은 정치에 대한 무관심으로 극단적인 사상에 이끌리고 있습니다. 정의란 무엇인가? 현시대를 살아가는 젊은이들이 다시 생각해 봐야……."

전주가 즐겨보는 시사 프로그램이었다. 요즘 젊은이들에게 정의를 요구하면서 개한테 된장 바르던 시대를 그리워하다니.

"자네 이리 늦어지면 내가 자네를 데리고 있어야 할 이유가 없어. 자네 말고도 일하겠다는 사람 많다. 사람인, 잡코리아 구직사이트 알지? 거기서 젊은 애들 데려다가 키우면 자네보다 잘해."

조민수는 전주가 유튜브로 뭔가를 보기에 뒤에서 몰래 훔쳐본 적이 있었다. 투고된 사연을 다루는 채널이었는데, 연기자들이 나와서 재연하는 게 아니라 텍스트로 일일이 작성된 사연이 화면 아래에서 위로 올라가고 있었다. 저럴 거면 차라리 소설을 읽지. 아니면 커뮤니티 유머난을 찾아다니던가, 라는 생각이 들었지만 워낙 진지하게 집중하기에 말하지 않았다.

"구직사이트에 불쌍한 젊은이들 많아. 그런데 자네도 불쌍하니까 데려다가 쓰는 거야. 어쩔래? 계속 이렇게 일할래? 언제까지 협박만 할 거야? 빨리 애들 모아서 그 동네 접수해."

코인은 어려워서 못 배우고, 미련하게 영상매체로 글을 읽었지만, 구직사이트로 아랫사람에게 갑질하는 것. 이런 건 빨랐다.

김여름은 새벽 여명이 밝아올 때 일찍 일어났다. 코인에 관련된 메인 이벤트는 주로 지구 반대편에서 일어난다. 지구 반대편에서는 하루를 마치고 잠드는 저녁이지만 이쪽은 새벽이기에 일찍 일어나서 지구 반대편의 동향을 살펴야 했다. 소변보고, 고양이 세수라도 할 겸 상가 화장실로 향하다가 하얀 개를 발견했다.

"씨발!"

하얀 개가 걸려 있었다. 주둥이 사이로 혀가 삐죽 나와 있었고, 눈은 탁한 흰자였다. 하얀 털은 때로 얼룩져 회색에 가까웠다. 누군가 개 목덜미에 철사로 고리를 걸어 상가 대문 손잡이에 걸어놓았다.

곧 찾아가마. 지금이라도 떠나면 모든 걸 용서하겠다.
꼭 피바다로 만들어야 만족하겠나?

라고 적혀있는 A4 용지가 하얀 개 옆에 투명 테이프로 고정돼 있었다. 김여름은 당장에 핸드폰을 꺼내 112를 누르려다가 멈추었다. 무슨 일 있으면 자기한테 허락받고 신고하라는 정 소장의 말이 떠올랐다. 일단 컨테이너 숙소로 돌아가 고승우를 깨워서 상황을 알리고 같이 현장으로 나왔다. 고승우도 들을 수 있도록 정 소장에게 스피커폰으로 전화를 걸고 상황을 보고했다.

"…… 그래서 도망치겠다는 거야?"

"뭔 소리예요? 어떻게 하냐고 묻는 거지. 개 사체가 걸렸다니까요. 경찰에……."

"하지 마! 아무 일 없어! 그냥 협박하는 거야! 개네가 일 키우는 거야! 경찰 출동하면 기록에 남아. 나중에 기록 들고 와서 발목 잡으려는 거야! 지연되면 안 돼! 거기 투자한 사람이 얼마나 많은데! 다 죽이려고? 못된 놈들! 좀 더 책임감 있게 일 못해? 아무 일 없어! 누가 찾아오는 일 없으니 절대 이탈하지 마! 그럼 알아서 좋아질 거야."

고승우가 김여름의 손바닥에 놓인 핸드폰에 대고 소리를 질렀다.

"2명이서 어떻게 지켜! 4명은 있어야 할 거 아니야!"

"너 나한테 계속 소리 지른다? 내가 우습게 보여? 누가 온다고 도망가거나 경찰 부르면 근무 태만으로 너희들 고소할 거야! 아무 일 없어! 그냥 협박하는 거야! 자리 지켜!"

김여름이 말했다.

"아니면요? 만약에 진짜여서 우리가 다치면요? 인원을 늘리거나, 경찰에 신고할 수 있게 해주셔야죠. 왜 이리 투자를 안 해요? 너무 아무것도 안 하고 그냥 먹으려고만 하면 어떻게 해요?"

"먹으려고? 드시려고, 라고 해야지. 투자를 니가 정하는 게 아니야. 꼬우면 다음 세상에서 부자 부모 만나서 호의호식하세요. 아무튼 이탈하면 너희들 고소한다. 어차피 코로나 때문에 비대면이니 누가 오겠냐? 어때, 좋지?"

"코로나 시대에는 도둑 없고, 깡패 없어요? 범죄율 줄어들었어요?"

"새끼 말 많네. 너 내가 입이 문제라고 말했지?"

정 소장이 전화를 끊었다. 김여름이 곧바로 전화를 걸었지만, 받지 않았고, 문자를 보내거나 메신저로 연락했지만 차단돼 있었다.

아침을 먹지 않고, 컨테이너 숙소 앞으로 되돌아가 각자 아무 말 없이 핸드폰만 두드리며 궁리하다가 김여름이 먼저 입을 열었다.

"책임감이고 나발이고…… 이따위 찌글찌글한 거지 같은 동네 우리가 투자한 것도 아닌데…… 우리는 살아야지."

고승우가 고개를 끄덕였다.

"뉴스 떴어요."

고승우가 긴말하지 않고 묵직하게 말했다. 김여름은 고승우가 내민 핸드폰을 들여다봤다. 밀월그룹에 대규모 개편이 있을 것이라는 예고 뉴스였다. 솔로몬이 밀월그룹과 합병되고, 솔로몬 CEO가 밀월건설의 CEO가 될 것이라는 전망이었다. 밀월건설이 밀월그룹 전체의 지분을 가장 많이 가지고 있다. 금수저가 그룹 전체를 승계할 셋업을 시작했다. 금수저가 승계한다는 정보에 주식시장이 벌써부터 요동치고 있었다. 남들은 코인을 가짜 돈이라고 하지만…… 요즘은 진리여야 진짜가 되는 게 아니다. 모두가 그렇다고 하면 진짜가 된다. 있는 사람들은 코인 판에 들어오지 않는다. 없는 사람들이 코인을 돈으로 보고 싶은 것이다. 그러면 없는 사람들만의 돈이 되고 가치가 생긴다. 이제 곧 코인도 오른다. 대박 날 코인을 위해서라도 어떻게든 살아남아야 했다. 김여름은 지갑을 꺼내 그 안에 넣어둔 USB를 고승우에게 내보였다.

"이게 뭐냐면……."

계획을 차근차근 설명했다.

그날 오후부터 어두워지는 저녁까지 부지런히 일했다. 순찰이 아니었다. 김여름과 고승우가 살기 위한 일이었다. 김여름이 사무실을 뒤져 공구함을 찾아냈다. 컨테이너 뒤에 버려져 있는 쇠파이프와 각목들도 발견했다. 단층 하꼬방의 철제 문고리를 쇠파이프와 각목을 이용하여 지렛대 원리로 부셔버렸다. 바닥은 시꺼먼 곰팡이로 새까맣고, 천장은 징그러운 보라색 곰팡이가 득실거렸다. 가전제품의 금속 부분은 녹슬었고, 플라스틱도 색이 바래 있었다. 화장실도 없는 방 한 칸이었는데, 놀랍게도 혼자 살았던 게 아니라 한 가족이 살았던 것으로 보였다. 김여름은 가족사진이 담긴 손바닥만 한 액자를 발견했다. 엄지로 액자 유리를 밀어서 먼지를 닦아냈다. 부부와 여자아이가 있었다. 김여름은 얼른 시선을 돌려 자세히 보지 않으려, 기억에 담아두지 않으려 했다. 세 명이서 이런 좁아터진 곳에, 게다가 화장실도 없다. 욕실도 없고, 싱크대도 없이, 허리 높이에 수도꼭지가 하나 달려 있을 뿐이었다. 심지어 온수도 나오지 않을 터였다. 남의 가난을 엿보기에 복잡한 심정이었다. 이 집의 나무 자재와 차단기, 전선이 필요했다. 이 집을 갈기갈기 찢고 뜯어내야 했다. '꼬우면 다음 세상에서 부자 부모 만나서 호의호식하세요.'라는 정 소장의 말이 떠올랐다. 금수저 그룹 후계자의 코인 떡고물을 받기 위해 자신들보다 가난한 이들을 뜯어낸다. 김여름은 이미 유튜브를 통해 공부하고 왔다. 전기를 비롯한 해체 작업에 대한 지식을 빠르게 습득했다. 방송대로 차단기함을 찾아내어 열어보니 이곳에 살았던 사람의 이름이 있었다. 가난한 사람일 뿐이다. 이렇게 되지 않으려 한다, 라고 자신에게 말을 걸며 이름이 적힌 스티커를 드라이버로 밀어서 찢어버렸다.

뜯어낸 차단기와 전선, 나무판자를 이어서 조그만 두꺼비집을 만들어냈다. 유튜브에서 배운 대로 잠시 상가의 메인 전원을 차단하고는 전선을 끌어내어 두꺼비집과 연결시켰다. 조그만 나무판자에 차단기를 올려서 만들었기에 가지고 이동하기

편했다.

"샀어요."

고승우가 묵직하게 말하며 비닐봉지를 들어 올렸다. 김여름이 해체하는 동안, 고승우는 근처 마트로 가서 보급형 스마트 패드와 USB 연장케이블을 사 왔다. 스마트 패드로 CCTV를 만들 계획이었다. 와이파이 거리가 짧아서 스마트 패드와 연결이 되지 않았고, 전원 문제도 있었다. 전원 케이블은 있었지만 사무실과 숙소를 연결해야 했다. 뜯어온 전선으로 상가와 이동식 두꺼비집을 연결한다. 두꺼비집을 통해 스마트 패드에 전원을 공급하고, USB 연장케이블을 통해 사무실에 있는 컴퓨터와 연결할 계획이었다. 스마트 패드를 CCTV처럼 사용할 수 있는 카메라 앱이 있었다. 그것을 깔면 사무실 컴퓨터와 연결이 가능했다. 정 소장이 오지 않을 것 같기에 사무실을 닫아버리고, 컴퓨터를 숙소로 옮겼다. 스마트 패드가 자리 잡는 위치는 오르막길을 통해 산동네로 접어드는 입구였다. 김여름과 고승우는 핸드폰 라이트 조명을 켜서 야간 작업등처럼 만들고는 산동네 곳곳을 돌아다니며 나무판자로 만든 바리케이드를 설치했다. 판자 곳곳에 공업용 본드를 듬뿍 적셔놓았다. 새벽이 파랗게 밝아오다가 날이 춥기에 금세 하얗게 변했다. 새벽 한기가 몰려왔지만 김여름은 춥지 않았다. 밤새 씩씩대며 작업을 하니 온몸이 불덩이처럼 뜨거웠다. 건강한 땀이 온몸에 흘러내렸다. 어른들이 왜 땀을 흘려 일하라는지 알 것 같았다. 하지만 이 땀은 자신을 위한 땀이었다. 고승우가 무거운 공구함을 들고 내려갔는데도 먼저 도착해 있었다. 미리 사 온 이온 음료를 마시고 있었다.

"자."

자신이 마시던 음료수를 내밀었다. 코로나가 침으로 감염된다고 하지만 김여름은 주저하지 않고 음료수를 받아 마셨다. 고승우와 조금은 친해진 기분이었다.

이틀 뒤 저녁. 숙소 바닥에 놓인 모니터에는 유튜브의 뉴스 채널이 띄워져 있었다. 이곳으로 컴퓨터를 옮긴 이후로 한 번도 꺼지지 않고 코인 관련 소식과 뉴스를 표시했다. 새로운 뉴스가 업데이트됐다는 알림이 떠오르자 김여름이 클릭했다.

"오늘 밀월그룹 모든 계열 사장단 회의에서는 전 솔로몬

CEO인 한상복 씨를 밀월건설 사장에 추대하기로 결정했다는 소식을 발표했습니다. 솔로몬 메신저 회사는 최근에 밀월그룹 자회사로 인수합병된 소프트웨어 회사로 밀월그룹 창업주 한민석 씨의 손자 한상복 씨가 설립했습니다. 재벌 3세이지만 훌륭한 경영 능력으로 친가에 기대지 않고, 전 국민이 애용하는 대표적인 메신저 회사를 창업하고 이끌었습니다."

능력 있는 재벌 3세라는 홍보와 함께 밀월그룹 전체를 승계하는 과정이 차근차근 진행 중이라고 설명했다. 한상복. 김여름은 속으로, 또 입으로 발음했다. 그간 뉴스에서 몇 번 봤기에 이름을 모르지 않았다. 그런데 간만에 소리로 들으니 마치 부자가 되는 마법의 주문 같았다. 저 재벌 3세가, 부잣집 금수저가, 왕자님이 무사히 왕위를 계승한다면 코인은 대박 난다. 저녁 내내 아무 말 없이 핸드폰만 들여다보는 고승우도 웬일로 모니터를 보고 있었다. 흥분한 얼굴이었다. 가난한 자들이 금수저의 왕위 승계를 진심으로 축하하고 있었다. 김여름은 이 기쁨을 치킨과 함께 누릴까 싶어서 핸드폰으로 인근 치킨 체인점을 검색하다가…… 모니터 하단에 축소된 CCTV 화면에 뭔가 잡히는 걸 보게 됐다. 어두운 밤에도 화면을 식별할 수 있도록 모니터 명암을 높여놨는데 한순간에 어두워지게 만드는 그림자들이었다.

조민수는 아는 동생들을 불러 모았다. 고등학교 때 흔히 말하는 일진 출신들이 아니었다. 선생님이 잠깐 스트레스를 주는 데도 못 참고 일탈하는 애들은 필요 없었다. 대부분 대학교 사회체육과 출신이었다. 프로가 될 수 없으니까 돈만 주면 들어가는 지잡대 사체과에 입학한다. 졸업 후 체육 전공을 살리기 애매하니까 늦게나마 기술을 배우려 하는데, 승부가 갈리는 극적인 스포츠 세계를 살았던지라 느리고 반복되는 지루한 일상과 공부를 견뎌낼 수 없다. 육체적으로 남들보다 뛰어나다 보니 남들이 뭐라고 해도 귀에 잘 들어오지 않고 우습게 보인다. 이때 선배가 정장을 잘 빼입고 나타나 후배들을 불러 모은다. 여자가 나오는 술집에 집합시키고는 명함을 쫙 뿌린다. 대개 이때 명함에 무엇이 박혀 있냐에 따라 앞길이 갈라진다. 중고차, 폰팔이 영업 명함이면 그쪽으로 가고, 클럽 MD일 경우 유흥가 밤 생활이 시작되는 것이다. 옛날처럼 무슨 파 건달이 아니라 돈 있는 전주가 선배를 시켜서 일거리 하나씩 던져주고 직장인으로 기른다. 평소에는 중고차나 핸드폰을 팔며 영업사원 혹은 클럽 유흥가 경호원, 스텝이다가도 전주가 불러서 깡패 짓을 하라고 하면 즉시 돌변한다. 체대 출신이기에 충성심도 강하고, 착취를 해도 선배님이라 떠받들며 당연하게 여긴다. 이 바닥 대부분이 체대 출신이기에 하극상이나 일탈 문제도 일어나기 힘들다. 전업 건달은 즉시 가려낼 수 있지만 이렇게 반달 짓을 할 경우 가려내기가 쉽지 않다. 나쁜 짓도 디지털 시대에 맞게 진화했다.

"아이 씨발, 야밤에 등산이야."

조민수는 동생들에게 강해 보이려 욕지거리를 내뱉으며 산동네로 올라갔다. 소란을 일으켜 공사를 지연시킬 의도였다. 조민수의 뒤를 봐주는 전주가 중간에 하청을 받거나, 재개발 딱지 거래나 부동산 알선, 중개로 들어가고 싶어 했다. 혼자 다 먹으려는 건설사에 시위하는 중이었다.

"세상에 독고다이가 어딨어. 나눠 먹어야지. 그치?"

"예. 형님."

동생들이 졸졸 뒤따라오다가 일제히 대답했다. 조민수는 자기가 말하고도 우습게 들렸다. 번듯한 메이저 브랜드 건설사이니 혼자 먹을 수도 있지. 정의로운 시사 프로그램 애청자이면서 아직도 이런 구닥다리 깡패 짓이나 시키다니……. 오르막길을 올라오자 적산가옥 현관과 마주하게 됐다. 현관 디딤돌에 고정된 스마트 패드를 발견했다.

"뭐야?"

컴컴해서 잘 보이지 않지만 스마트 패드 화면 귀퉁이에 붉은 점이 표시돼 있었다. 마치 녹화 때 떠오르는 붉은 글자처럼. 조민수는 한 손에 열쇠뭉치를 들고 있었다. 재개발 딱지를 싼값에 사러 올 때 산동네 임대 쪽방에 들르게 됐다. 1,500원에 하룻밤 빌려주는 곳이었다. 주인이 여든 살 먹은 노인네여서 살날이 얼마 남지 않았기에 거래가 쉽게 성사됐다.

"이거 가져가. 여기 쪽방 열쇠들이야."

"예? 여기 싹 밀어버려요. 이런 거 필요 없어요."

주인은 필요 없다는데도 조민수에게 열쇠뭉치를 맡겼다.

"내가 이 동네 50년 전에 왔는데 내내 가난한 동네였어. 쪽방 외에 돈 벌 것 없어."

"아…… 그런 거 안 해요. 건물 새로 세우면 잠금장치도 새로 다니까 이런 거 필요 없어요."

주인이 살짝 노망났기에 조민수에게 억지로 맡겼다. 그 후 열쇠뭉치 촉감이 의외로 좋기에 버리지 않고 들고 다녔다. 마치 요요같이 손장난하는 기분이었다. 조민수는 열쇠뭉치를 야구공처럼 내던져 스마트 패드를 맞췄다. 쇳덩이들이 들이박자 스마트 패드의 액정은 산산조각 났고, 몸통은 어디론가 날아가 버렸다. 동생 중 하나가 열쇠뭉치를 주워서 조민수에게 바쳤다.

"역시 형님. 고등학교 때 야구하셨다고 들었습니다. 나이스 샷입니다."

"저쪽에 컨테이너 사무실 있어. 가면 애들밖에 없어. 적당히 해서 쫓아내! 절대 큰 사고 나면 안 된다. 이거 그냥 작은 시위다. 알지?"

"예. 형님!"

동생들이 우르르 달려갔다. 조민수는 사전에 이곳이 어떻게 돌아가는지 파악했다.

아무것도 모르는 젊은 애들 2명만 빡세게 굴릴 뿐 관리자를 두지 않았다. 무슨 유격훈련장도 아니고 컨테이너 하나 놔두고 애들은 원시시대 사람들처럼 살았다. 젊으니까 상가에서 씻고, 용변 처리하며 살 수 있었다. 자취도 이런 식으로 하지 않았다.

동남아의 공장 관리자로 간 친구들도 저것보다 좋은 조건에서 일했다. 동네 주민들이 자기 딸 처녀라며 현지처로 삼아달라고 아침부터 찾아오는 후진국인데도 더 나은 환경에서 일했다. 재네들은 자기가 돈 많이 받는다고 생각하겠지. 아니야. 니네 젊음이 빨아 먹히고 있어. 얼마를 받는지 모르지만 더 받아야 해.

탁! 두꺼비집의 차단기 내려가는 소리가 야밤에 요란하게 퍼졌다. 일부러 두꺼비집을 따로 만든 이유였다. 스마트 패드에 문제가 생기면 이런 식으로 알 수 있었다. 얌전히 손으로 전원을 제거하면 차단기가 내려가지 않지만, CCTV 화면에 온 얼굴이 잡힌다. 그래서 CCTV를 발견하면 부술 거라 예상했는데 맞았다. 그냥 안 걸리게 높은 곳에 설치하고 싶었지만 보급형 스마트 패드의 렌즈 상태가 좋지 않았다. 각도를 주면 뿌옇게 변해 버렸다. 그래서 바닥에 내려놓고 정면을 바라보게 만들었다. 몸을 반쯤 일으킨 김여름의 귀에 우르르 달려오는 발걸음 소리가 들렸다.

"김여름 씨, 입어요."

고승우가 재빨리 일어나 운동복 상의를 껴입었다. 김여름도 운동복 상의를 입었다. 운동복 바지는 이미 입고 있었다. 미리 이렇게 입고 있기로 결정했다. 왜냐하면 맞서 싸울 수 없다. 그리고 목숨을 걸기도 싫다. 그러니 빨리 도망쳐야 한다.

누군가 온다고 도망가거나, 경찰을 부르면 근무 태만으로 고소한다는 정 소장의 위협이 떠올랐다. 발걸음 소리가 갑작스레 내리는 소나기처럼 요란하더니 규칙적으로 변했다. 목표를 정하고 달려온다는 뜻이었다. 김여름이 문을 열고 나가자 머리를 짧게 깎고 정장 바지와 하얀 와이셔츠를 입은 남자들이 달려오고 있었다. 전형적인 건달의 복장이라고도 볼 수 있었지만, 건달의 빡빡이 머리가 아니라 왁스로 머리카락을 뾰족하게 세운 게 마치 허세 부리기 좋아하는 영업직들 같았다. 고승우가 라이터로 숙소 현관 옆에 늘어뜨려진 이불에 불을 붙였다. 가난한 집에서 떼어온 이불이었다. 이불은 숙소 천장에 놓인 드럼통과 연결돼 있었다. 드럼통 안에는 노란 공업용 본드와 나무판자가 한가득 들어 있었다. 본드를 충분히 먹인 이불이 금세 활활 타오르며 불을 드럼통으로 옮겼다. 쾅! 소리와 함께 드럼통이 온몸을 흔들며 불꽃을 밤하늘로 토해냈다. 여기서 할 수 있는 건 다 했다. 다음은 도망이었다. 김여름과 고승우가 산동네 정상을 향해 달렸다. 남자들은 드럼통 폭발에 잠시 멈칫했다가 김여름과 고승우를 뒤쫓았다. 김여름은 달리다가 멈추어 서서 바리케이드 용도로 세워둔 나무판자에다가 불을 질렀다. 공업용 본드를 듬뿍 적셔놨기에 금세 불이 활활 타올랐다. 막으려는 용도가 아니었다. 태우려는 장작이었다.

"어어. 야, 하지 마! 문제 키우지 마!"

"미친놈들아! 왜 불을 질러!"

남자들은 뒤쫓아 오다가 소리를 질렀다.

"미친놈들이야! 잡아!"

김여름이 뒤돌아보니 남자들 손에 번쩍이는 금속이 들려있었다. 불길이 아른거리며 무엇인지 드러났다. 잭나이프였다. 칼을 들고 쫓아오는 너희가 미친놈들이지. 남자들 중 누군가의 손에 금속 배트가 들려있는 것도 보였다. 김여름과 고승우는 계속 뛰었다. 바리케이드를 볼 때마다 불을 질렀다. 불은 가난하고 못사는 집의 낮은 플라스틱 지붕으로 옮겨붙었다.

"또라이 새끼들! 안 봐준다!"

김여름과 고승우는 일부러 어려운 길로 올라갔다. 평소 단련됐기에 아무렇지 않았지만 남자들은 갈수록 뒤처지고 악을 쓰는 게 힘들다 못해 금방 죽을 것 같았다. 김여름은 정상에 올랐다. 사이비 종교 기도방으로 사용된 공동주택에 도달했다. 잠시 숨을 고르며 핸드폰을 꺼냈다. 112 아니고, 정 소장도 아니고 어디론가로 전화를 걸었다. 이 거지 같은 산동네는 무선 인터넷은 되지 않지만 전화는 걸 수 있었다. 김여름과 고승우는 어려운 길을 피해 쉬운 길을 따라 단숨에 달리기 시작했다. 내리막길을 한걸음에 내지르니 바람이 휙휙 지나가는 소리가 들렸다. 규칙적인 바닥 밟는 소리가 아닌 뭔가 어긋난 박자가 들렸다. 김여름이 뒤돌아보니 발목이 꺾인 고승우가 옆으로 데굴데굴 구르고 있었다. 김여름이 멈추려는 사이,

"야, 저기 있다! 잡아!"

남자들도 정상에서 금세 쉬운 길을 발견하고는 이곳을 내려다보고 있었다. 김여름은 무서웠다. 그냥 도망갈까? 어차피 걔가 불행해야 내가 행복해진다. 오늘 밤에도 맥스캐시는 약간 상승했고, 씬토큰의 가치는 500원대 이하까지 떨어졌다. 그래도,

"야야! 오지 마! 오지 마세요! 씨발! 오지 말라고요!"

무서워서 자신이 무슨 소리를 하는지도 모르고 비명 같은 말을 내뱉으며 고승우에게 다가갔다.

"빨리! 빨리!"

무서웠기에 새된 목소리로 고승우를 원망하며 일으켜 세웠다. 나 정말 겁쟁이구나, 라는 생각이 들었다.

"그냥 버리고 가."

고승우가 말했다. 그럴까? 분명 네가 먼저 말했다?

"아냐. 같이 가."

김여름의 입은 생각을 배신했다. 머릿속은 겁쟁이에다가 비겁했지만 여태까지 살면서 가장 힘든 일을 해냈다. 뒤돌아보니 이 산동네가 한눈에 들어왔다. 시멘트가 다 벗겨진 적산가옥, 플라스틱 벽처럼 두드리면 빈 소리가 나는 하꼬방. 땅속으로 깊숙이 박힌 반지하. 촌스러운 격자무늬 방범창. 현관 옆에 있는 푸세식 화장실. 짐승 우리같이 판자로 벽을 나누어 억지로 두 집으로 만든 곳도 있었다. 일제강점기 이곳에 적산가옥이 세워진 이유가 가난한 노동자들의 숙소였다고 들었다. 그 후로 이 동네가 잘살았던 때가 있었을까? 부자가 되리라는 희망이 있었을까? 잘된다는 빛을 기다렸을 텐데 결국 온 것은 불이었다. 김여름은 고승우를 부축하여 내려가다가 등 뒤를 따갑게 할퀴는 불꽃을 의식했다. 알 게 뭐야. 이제 다 타들어 갈 텐데.

사무실 주위로 내려오니 주변에 아무도 없었다. 숙소 위의 드럼통이 용암같이 시뻘건 불꽃과 함께 새까만 연기를 내뿜고 있었다. 장님이 아닌 이상 이 지역 곳곳에서 보일 터였다.

"잠깐."

누군가 묵직한 목소리로 김여름과 고승우를 불러 세웠다. 김여름이 고개를 돌리는 순간, 쨍하는 금속음과 함께 무언가 날아들었다. 고승우가 몸에 힘을 주더니 김여름의 허리를 감으며 앞으로 넘어졌다.

산동네가 불에 타오른다. 조민수는 망했다는 걸 알았다. 혼자 먹지 말라는 작은 시위였는데 감당하지 못할 만큼 커져버렸다. 누가 이걸 감당할까? 서류라도 빼가서 트집 잡을까 하고 열리지 않는 사무실 문을 걷어차다가, 무슨 소리에 컨테이너 코너로 몸을 숨기니 젊은 애들이 내려오고 있었다. 불 때문에 밝아졌다가 어두워지기를 반복하기에 얼굴이 잘 보이지 않았다. 일단 부축하는 녀석의 머리를 겨냥하고는 열쇠뭉치를 내던졌다. 그런데 마치 럭비를 하듯이 앞으로 쓰러지며 열쇠뭉치를 피했다.

"건방진 놈들 어딜 피해? 주워라."

애들이라는 걸 알고 있었기에 목소리를 내리깔며 열쇠뭉치를 주우라고 명령했다. 기선을 제압하려 했지만…….

"씨발아. 좆까."

조민수는 애들이 너무 단순하게 나오자 어찌할 바를 몰랐다. 이렇게 불을 지르고 대체 무슨 생각일까? 뒷감당할 수 있을 리가 없을 텐데. 아직 어리니까 무서운 걸 모르는 걸까? 어두워서 어떤 표정인지 보이지 않았다.

"니네 여기서 뒤져서 시체로 끌려 나갈 수도 있어. 좋은 말로 할 때……."

한 녀석이 아파보이는 녀석을 부축하며 일어섰다. 한 손을 뻗어 아랫동네를 가리켰다. 그곳에서 소방차들이 올라오고 있었다. 불이 퍼질 때부터 일이 이미 텄다는 걸 알고 있었지만, 조민수는 소방차를 보고는 그 이상이라는 걸 깨달았다. 어린 녀석들에게 졌다.

"요즘 애들 정말 무섭다."

누군가 온다고 도망가거나, 경찰을 부르면 근무 태만으로 고소한다기에 김여름은 산동네 정상에서 119에 신고했다. 누군가 와서가 아니라 불이 났기에 도망갔고, 경찰만 부르지 말라고 했으니 소방차를 불렀다.

이 산동네가 불타는 걸 온 동네가 보고 있을 텐데도 이 일대 사람들 중 아무도 소방차를 부르지 않았다. 재개발로 얼굴도, 이름도 모르는 누군가가 돈을 많이 벌었을 것 같기에 시기심으로 인심이 야박해졌다.

불은 한밤을 넘어 새벽까지 타들어 갔다. 김여름과 고승우는

아랫동네를 넘어서 시내까지 도망갔다. 코로나 때문에 식당과 가게들이 일찍 문을 닫았다. 다행히 이제 막 닫으려는 편의점을 발견하고는 애원하다시피 부탁하고는 빵과 우유로 식사할 수 있었다. 돌아와 보니 여전히 불은 타오르고 있었다. 아랫동네 전봇대의 가로등 아래에 서서 구경하는데 누군가 "칫." 못마땅한 소리를 냈다. 아랫동네도 가난하기에 편의점이 들어오지 않아 영자슈퍼라는 촌스러운 가게가 있었는데 문이 닫혀 있었다. 그것을 보고 칫 소리를 냈다. 누군가는 조민수였다.

"이렇게 불타버리면……. 나가리인데…… 대형 사고 터졌으니 앞으로 시위하는 것 씨도 안 먹히겠네. 발품 팔아봤자 부동산은 힘들어. 역시 미래는 코인이야."

"코인 하세요? 맥스캐시 해요? 씬토큰 해요?"

김여름이 조민수에게 말을 걸었다. 청바지와 점퍼를 입은 조민수가 김여름의 눈에는 인근 주민으로 보였다.

"하려면 좀 더 메이저 코인을 해야지. 남자는 크게 쏘는 거야. 벌써부터 투자라니 젊은 친구들이 정말 기특해. 훌륭해."

조민수는 아직 코인을 하지 않기에 칭찬으로 말을 돌렸다. 빈말이 아니었다. 오늘같이 애들에게 당한 날. 진심이 아닐 수가 없었다.

"옛날이었으면 장군감으로 불렸을 거야. 아~ 난 이 나이 먹도록 무얼 한 거지."

조민수가 김여름의 어깨를 가볍게 두들겼다. 고승우는 다친 발목 때문에 전봇대에 기대앉아 있었다. 김여름은 칭찬에 뒤돌아 고승우와 시선을 마주하고는 쑥스러워했다. 고승우의 얼굴은 마스크로 가려져 있지만 웃고 있는지 눈가에 주름이 잡혀 있었다.

산동네가 활활 타오르고 있었다. 플라스틱 지붕과 사람 손을 타지 않아 삐쩍 마른 가구와 자재들이 시꺼먼 연기를 토해내며 요란하게 타오르는 것이지 진짜로 걷잡을 수 없을 만큼 불바다가 된 것은 아니었다. 인터넷이 안 되는…… 코인 따위는 모르는…… 도태됐기에 진즉에 사라졌어야 할…… 그래도 일제강점기를 시작으로 이곳에 가난한 사람들이 살았기에, 가난에서 벗어나려고 노력했기에 현재를 맞이할 수 있었다. 하지만 대한민국의 구시대를 상징하는 곳이 타오르는데도 김여름과 고승우, 조민수는 아무렇지 않은 표정이었다.

조민수는 이곳이 타오르든 말든 결심을 굳혔다. 손 털고 코인으로 나아가자. 대한민국에 부동산 해 먹을 곳이 없겠냐마는 어차피 586들의 것이었다. 영양제며, 수술이며 의술도 좋아졌으니 586들은 정말 오래오래 살 것이었다. 오늘처럼 고생을 해도 자신의 순서는 절대 오지 않는다. 사전에 이곳에 대해 조사했기에 어떤 동네인지 알았다. 대대로 가난한 사람들이 살았던 동네. 그러나 가난한 사람들이 소유했던 적은 없었다. 죄다 월세이고, 쪽방 임대였다. 전세도 이 동네에서는 잘사는 축이었다. 여기에 어떤 새로운 건물이, 새로운 아파트 단지가 세워진다고 해도 누군가들이 독점할 터였다. 그냥 그들이 가진 세상 중 하나가 불타오르고 있을 뿐이다. 영원히 내 것이 될 수 없는 그들만의 세상. 하지만 코인은 다를 것이라는 희망이 있었다. 이해 못 할 이유로 폭락하고, 가치가 없기에 사는 사람이 없으면 말짱 헛것이 된다. 이렇게 예측 불가능하게 돌아가기에 돈이 있거나 없거나, 망할 때는 비싸게 구해온 귀한 정보가 소용없이, 경험으로도 어떻게 빠져나갈 수도 없이 똑같이 멸망했다. 이건 새로운 형태의 평등이고, 어쩌면 기회가 될지도 몰랐다. 조민수는 새로운 형태의 평등을 향해 나아가기로 결심했다.

김여름과 고승우는 자신들이 일하던 동네이기에 불이 어느 정도 탔는지 추측할 수 있었다. 고작 지붕 몇 개가 타들어 갔을 뿐이고, 숙소 컨테이너가 불길에 휩싸였지만 쉽게 타지 못하고 있었다. 아마도 동네가 죄다 오르막길이다 보니 소방관들이 진입하는 데 애를 먹고 있다고 생각했다. 이 동네가 타든가 말든가, 우리는 할 만큼 했으니 D72 코인을 더 얻었으면 했다. 실제로 얼굴을 한 번도 본 적이 없지만 왠지 D72 코인을 더 많이 소유할수록 금수저이며 밀월건설의 CEO이자, 이 산동네 재개발의 진정한 주인인 한상복 씨와 밀접하게 연결되어 있는 것 같았다. 그뿐이었다.

"아이씨. 솔로몬이 여기서는 접속이 안 되네? 이 근처 편의점 없나?"

조민수가 혼잣말로 투덜댔다. 김여름은 순간 뭔가 서늘한 것을 느꼈다. 인근 주민인가 했는데…… 투덜대는 낮은 목소리가 방금 전에 어디서 들은 것 같았다. 게다가 여기는 인터넷이 되지 않고 편의점이 없는데, 모르다니 이상했다. 김여름이 뒤돌아보니 고승우도 이상하다는 눈초리로 조민수를 쳐다보고 있었다.

조민수는 사전에 이곳에 대해 알고 있었다. 인터넷도 안 되고 편의점도 없고, 그런데 긴장이 풀려버린 나머지 잊어버렸다.

"아, 이 동네 안 되지. 찌글찌글한 동네."

이제야 생각났다.

방금 목소리를 들으니 확신이 섰다. 김여름은 핸드폰을 살며시 꺼내 바지주머니 옆에 바싹 붙였다. 화면을 보지도 않고 엄지손가락을 이용해 보안을 풀고는 카메라 앱을 실행시켰다. 저 이마가 위로 길쭉한 아저씨가 우리에게 쇳덩이를 던진 악당이라는 생각이 들었다. 얼굴을 찍어서 증거를 잡아야 했다.

"난 이만 갈게. 코인 투자 잘하는 거야. 대학 가방끈 길다고, 부모 잘 만났다고 잘사는 세상은 이제 끝이야. 젊은 친구들이 정말 훌륭해."

그런데 김여름과 고승우보다 나이 많은 세대 중에 코인에 투자하는 걸 훌륭하다고 칭찬해준 사람은 이 악당밖에 없었다. 김여름이 어찌할까, 고승우를 쳐다보니 고승우는 김여름의 눈빛을 읽고는 잠시 생각하다가 고개를 돌려 바닥을 쳐다봤다.

조민수 입장에서는 할 만큼 했고, 미친놈들이 오버해서 불을 질렀기에 빠져나갈 변명거리도 있었다. 마음 편히 돌아갈 수 있었다. 가난한 동네의 깨진 아스팔트 바닥을 밟으며 걸어 나가다가 이 시간에 깨어있는 젊은 친구들이 왠지 수상했다. 그러나 잠시 멈춰 섰을 뿐 계속 걸어서 이 동네를 벗어났다. 내 부동산도 아닌데 이쯤하고 돌아가야지 전주에게 노동력을 열심히 빨릴 필요는 없었다.

화재사건 때문에 경비업체를 교체한다는 결정이 났다고 했다. 다른 경비 전문업체에서 파견한 사람들이 왔다. 선글라스를 쓰고, 파란 유니폼을 입은 게 딱 봐도 프로 같았다. 역시 밀월그룹이니까 비싼 업체를 불러들였다. 그리고 사고가 나니까 이제야 돈을 쓰기 시작했다. 정 소장이 김여름과 고승우를 사무실로 불러들였다. 정 소장은 책상 뒤에 거만하게 몸을 뒤로 젖히며 앉아 있었다. 접이식 의자를 펴서 맞은편에 앉으려는 김여름에게 정 소장이 소리를 질렀다.

"이 새끼가 누가 앉으래?! 니네가 불 질렀지?"

김여름이 대답했다.

"아뇨."

"거짓말! 누가 봐도 방화야. 본사가 조용히 덮으려니까 무임승차하려는 것 봐! 좋은 건 알아가지고!"

밤새도록 불에 탔지만 플라스틱 지붕 몇 개와 컨테이너가 그을렸을 뿐이었다. 하꼬방들은 시멘트 벽으로 투박하게 지어졌기에 천장과 지붕 빼고는 잘 타지 않았다. 내부 목재가 타기는 했으나 어차피 철거할 집이었다. 컨테이너는 불꽃에 휩싸였으면서도 조금 녹았을 뿐 겉모습을 그대로 유지하는 내구력을 과시했다. 어차피 다 뒤집어엎을 동네라서 피해라고 볼 것은 없었다. 다만 이런 경우에는 건설사가 벌금을 내야 한다고. 그런데 이런 것 모두 보험 처리된다고 들었다. 물론 밀월보험이었다. 그래도 정 소장은 설명하면서 제 돈 나가는 것처럼 악을 썼다. 김여름이 보기에 이번에도 조용히 묻힐 것 같았다.

"니네 자를 거야. 책임감 없는 새끼들. 걔네가 미쳤다고 드럼통을 숙소 위로 올렸겠어? 니네가 불 질렀지! 니네 감방 가고 싶어? 좋게 풀어줬더니……."

"여기 감방 갈 일이 방화만은 아니잖아요? 시체가 제 발로 여기를 떠났어요?"

"너 사내가 한 입 가지고…… 각서 썼잖아?"

정 소장의 기가 약해졌다. 김여름은 이 기회를 놓치지 않았다.

"뭐 어쩌라고? 치사한 인간아. 아까 본사 아저씨들하고 먼저 얘기했어. 비대면은 사무직만 그런 거고. 현장소장인 당신은 여기 오는 게 맞는다며? 당신 멋대로 출근 안 한 것 아니야? 컴퓨터는 이미 우리가 비번을 걸어놨어. 당신 출근부는 우리 손에 있어. 비번 걸어놨는데 풀 수 있어? 우리한테 비번 받아서 출근부 조작해야 하지 않아?"

정 소장은 '당신'이라는 소리를 듣자 어안이 벙벙한 표정을 짓더니 점점 분노가 차오르는 듯 분개한 표정을 지었다. 폭발하기 직전, 고승우가 끼어들었다.

"각서 한 번 더 쓸게요. 코인 더 주세요."

"…… 뭔 각서?"

"이곳에서 일어난 모든 일에 대한 비밀유지 각서."

"저번에 그렇게 썼잖아?! 각서는 한 번만 쓰는 거야! 어린놈들이! 어디서 나쁜 것만 배워가지고!"

다시 김여름이 말을 이었다.

"사내가 왜 한 입 가지고 거짓말했어요? 출근했어야죠. 그때는 시체고, 이번에는 화재 때문에 각서 한 번 더 쓸 테니 코인 마지막으로 크게 땡겨 주세요. 우리가 계약 기일 다 채우면 나오는 퇴직금만큼."

이번에는 깍듯해 보이는 존댓말로 신경을 살살 긁었다.

"니네 가짜 돈 때문에 이렇게 인정을 저버리면 안 돼."

정 소장의 얼굴이 시뻘겋게 변해 욱하는 게 각서 때문이 아닌 정말 인정이나 의리, 인간의 도리 그런 것 때문인 걸로 보였다. 김여름은 무표정하게 말했다.

"왜 혼자 비대면 했어요? 우리는 대면하고 죽으라고?"

"너희는 젊어서 안 죽을 줄 알았어. 안 죽었잖아."

김여름은 불이 붙은 골목을 뛰어서 내려오던 순간을 떠올렸다. 죽을 뻔했다.

"일단 마스크 좀 올리고 말하세요. 아재들 하나같이 턱에다 걸고 말하는데 이러니까 코로나 때문에 밥숟갈 빨리 놓지 않겠어요?"

"…… 니네 집에 아버지 없니? 내 나이가 얼만데…… 나한테

이렇게 말해도 된다고 생각해?"

정 소장은 죽을 뻔했다고 화내봤자 알아줄 사람이 아니었다. 꼰대들은 그냥 때려야 했다. 때려야 말이 통했다.

"우리가 직접 본사 아저씨들과 얘기할까요? 아직 저기 밖에 있어요."

"……."

본사와 이야기가 어떻게 됐는지 모르지만, 2시간 뒤에 김여름과 고승우 각자의 계정으로 D72 코인이 들어왔다. 그리고 정식으로 해고됐다.

김여름은 해고되자마자 아랫동네로 뛰어 내려갔다. 옷이나 휴대용 버너같이 잡다한 짐들은 화재 처리 현장에다 내다 버렸다. 쌀쌀해지는 바람을 뚫고 아랫동네 임대 아파트 입구에 서 있는 공중전화기로 들어갔다. 못사는 동네라고 다 쓸모가 없는 건 아니었다. 스마트폰 시대에 공중전화기는 정말 희귀했다. 추적되지 않으려면 공중전화가 필요했다. 김여름은 금융감독원에 전화를 걸었다. 통화안내를 기다리다가 상담 번호를 눌렀다.

"여보세요."

"예. 저는 부당한 내부거래에 대해 투서를 보내려 합니다. 내일 하얀 우편 봉투에 USB를 담아서 금융감독원 경비실에 맡기겠습니다. 안에 내용물을 보시면……."

컨테이너 사무실에 등록된 이름도, 얼굴도 모르는 사람들. 아무 일 안 하고 김여름과 고승우의 등골을 뽑아먹던 나이 많은 꼰대들이었다. 만약에 밀월건설 재개발 수주로 인한 내부자 거래로 주식이나 부동산, 재개발 딱지 거래 등의 혜택을 받았다면 금감원의 조사를 받는다. 김여름과 고승우가 USB를 놓고 계획을 논의할 때 자신들에게 빨대 꽂는 이 꼰대들을 엿 먹이기로 결심했다. 각서를 썼다지만 내부자 거래에 관한 것은 아니었다. 설사 그렇다 치더라도 우리들의 투자를, 잘살려고 아등바등하는 걸 비웃는 자들에게 지킬 의리 따위는 없었다. 이제 꼰대들이 반성할 시간이었다.

젊은 놈들이 투자한다고 우습게 봤지만, 투자를 공부했으면 금감원이 무슨 일을 하는지 알 수 있었다. 금감원은 분명 내부거래로 인한 진짜 돈, 부동산, 주식 등의 부당이득을 단속한다.

하지만 사람, 즉 금수저에게 관심이 쏠려 가짜 돈이 상승하는 사례는 단속 대상이 아니다.

한 달 뒤, 김여름은 거실 소파에 기대어 있었다. 거실이라고 하지만 집이 작아서 부엌이라고도 할 수 있었다. 좁은 거실에 있을 때면 가끔씩 방 한 칸에 온 가족이 살았던 하꼬방이 떠올랐다. 스마트 패드로 투자 유튜브 채널을 보고 있었다. 뉴스 알람이 울렸기에 터치했다. 한상복 씨가 밀월건설 CEO가 된 후, 밀월그룹 부회장이 되기 위해 주주총회와 이사회의 논의를 기다리고 있다는 뉴스였다. 투자 유튜버들을 통해 이미 소문이 다 돌았기에 한발 늦은 뉴스였다. D72 코인은 에베레스트보다 더 높게 상승했다. 세 번째로 반성하는 시간은 오지 않았다. 투자와 자기계발 유튜버의 말처럼 반성으로 멘탈을 강화했기에 성공했다. 내부거래 적발 소식은 TV 뉴스가 아닌 인터넷 신문에만 게재됐다. 이것도 돈을 들여서 막은 것으로 추정된다. 그런데 코인으로 돈을 벌어도 찝찝했다. 더 벌 수 있었는데……. 코인으로 대박 난 유명 유튜버가 했던 소리였다. 더 벌수록 더 아쉬웠다. 코인을 더 샀으면, 하고 아쉬워했다. 아니 탐욕스러웠다.

"아! 난 돈을 주고 산 게 아니지."

생각해 보니 코인을 사지 않고, 어떤 일에 대한 대가로 받았다. 시체유기를 못 본 척했다. 오히려 그로 인해 이득을 얻었다. 양심을 저버렸다. 불을 질렀다. 목숨을 걸고 야밤에 뛰어서 도망쳤다. 땀 흘려 벌었더라면 느낌이 달랐을까? 10년 내내 땀 흘려 일한다 해도 이만한 돈을 벌 수 있었을까?

고승우가 무엇을 하고 있을지 궁금했다. 코인이 들어온 후, 정식으로 해고되자 짐을 정리했다. 그사이 고승우는 아무 말 없이 사라졌다. 고승우다웠다. 넌 뭘 하고 있을까? 궁금했다. 친구가 아니라 같이 일했던 직장 동료이기는 했지만…… 목숨을 구해줬다. 도망치지 않고 부축하여 같이 산동네를 빠져나왔다. 순찰 때문에 전화번호를 주고받았기에 솔로몬 메신저에 친구로 등록돼 있었다. 연락해 보니, '귀하는 상대방에게 차단되어 있습니다.'라는 메시지를 받았다.

왜?

'그러니까 솔직히 저한테 고맙다면 나중에 D72 코인이 떡상

할 경우 20프로만 내주실래요?'

아…… 고승우도 자기계발 채널을 보니까 분명 자기에게 빨대 꽂으려는 걸 눈치챘을 것이었다. 그때 그 말 듣고 뒤끝을 품었구나. 그래서 차단했구나. 그런데 D72 코인의 가치는 엄청나게 상승하고, 앞으로도 상승할 예정이었다. 이만한 거금에서 20프로나 떼어 달라고 했으니 나 같아도 차단한다. '너 나중에 입이 문제겠다.' 정 소장이 했던 말이 떠올랐다. 정말 문제가 됐다.

오늘은 투자전쟁에서 승리한 날이어서 기뻐해야 하는데…… 그래도 내가 구해줬는데…… 구해주면 보통 친구가 되지 않나? 친구는 아니었지만, 같이 몇 달을 고생하며 친구라고 부를 만한 관계였는데, 끊겼다.

투자와 자기계발 유튜버들은 경제적 사고로 인색하게 굴다가 친구가 사라진 것에 대해서는 어떤 말도 하지 않았다. 다만 지금도,

"강해지세요! 강해지기 위해서 끊임없이 반성하세요!"

라고 했다. 끝까지 살아남아서 성공하려면, 경제적 자유를 이루려면 얼마나 멘탈이 강해야 하는 걸까? 오늘은 양심을 저버

리고, 목숨 걸고 뛰어다니며, 친구한테 인색하게 굴면서 살아남았지만, 내일도 그럴 수 있을지. D72 코인이 상승했지만, 부동산도 미친 듯이 더 상승했기에 이사 가기에는 애매했다. 이 조그만 집을 벗어나려면 한 번 더 금수저의 선한 영향력이 필요했다. 일생 부유하게 살아본 적이 없었기에 세상에 맞서서 얻은 최초의 승리라고 할 수 있었지만…… 그러나 불안한 승리였다. 앞으로도 승리할 수 있을까? 거실 베란다 창문 밖으로 먹구름이 몰려오고 있었다. 김여름은 소파에서 일어나 창문을 열고는 먹구름을 올려다봤다. 정말 캄캄해 보였다.

돈생돈사

(부제 : 부동산 표류기)

홍성호

얄궂은 목소리의 잘난 체하는 놈을 처음 대면하는 날이다.

미소는 자신도 모르게 주먹을 불끈 쥐었다.

희망빌라.

미소는 외벽이 화강암으로 시공된 빌라 입구에 걸린 명판을 보고 큰 숨을 들이쉬었다.

계단을 올라 202호 앞에 선 미소가 긴장하며 초인종을 살며시 누르자, '엘리제를 위하여' 멜로디가 잡음과 섞여 스피커를 쩌렁쩌렁 울렸다.

잠시 후, 멜로디가 멈추고 스피커에서 짜증이 잔뜩 묻은 남자 목소리가 흘러나왔다.

"누구세요!"

"저…… 이 집 매수인인데요…… 대면…… 아니, 이야기 좀 할 수 있을까요?"

긴장한 탓인지 미소는 띄엄띄엄 대답했다.

"매수인? 매수인이면 휴일에 동의도 얻지 않고 이렇게 막 찾아와도 되는 건가?"

"그게…… 저…… 찾아오는데 동의를 안 하니까 이렇게 불쑥 찾아오게 된 거죠."

"나는 할 말 없으니 돌아가! 자꾸 귀찮게 하면 경찰 부르고, 법적 조치를 취할 거야."

남자의 짜증 섞인 반말에 미소는 속에서 뭔가 울컥하고 치밀어 오르는 걸 느꼈다.

"초인종 한 번 누른 것 가지고, 경찰을 부르고, 무슨 법적 조치를 취한다는 거야? 할 수 있으면 해 봐. 아니, 그렇게 법을 잘 아는 '법잘알'이 자기 살 집을 제대로 확인하지 못해 임차보증금도 떼이시나? 넌 '법잘알'이 아니야, 한심한 '법알못'아!"

"뭐? 한심? 법알못? 내가 누군 줄 알고 이렇게 까부는 거야? 너 나중에 후회한다."

"풋. 그래, 네가 누군데?"

미소는 조소를 날렸다.

"나? 난 변호사야. 너 같은 거 고소하고, 콩밥 먹이는 걸 일로 하는 사람이라고. 이 미친년아! 싸구려 빌라 하나 낙찰받았다고 어디서 갑질이야! 이런 거 하나 사서 주인이라고 주접떠는 거 보니깐 돈도 없는 거지구먼."

"하하핫! 야, 네 이름이 변호인이라고 내가 변호사로 속을 줄 아냐? 사실 나도 법 좀 아는데, 너 같은 놈을 사기꾼이라고 하는 거야. 그리고 사기를 치려면 제대로 쳐라. 어디서 어수룩하게 사기를 치냐. 이 법알못 새끼야!"

"사기꾼? 너 죽고 싶냐?"

"응! 죽고 싶으니까 문 열고 나와서 죽여 봐. 그럴 용기도 없지? 이름만 변호인인 사기꾼아."

"이게, 진짜!"

스피커폰이 거칠게 꺼지자마자, 문이 열리고 남자가 모습을 드러냈다.

빨간 액체가 엉겨 붙은 칼을 들고 있는 남자.

미소는 반사적으로 한 발짝 뒤로 물러서며 힘껏 발을 날렸다.

몸에 밴 습관대로 사타구니 사이로 날린 발에 물컹한 느낌이 들자마자 남자는 자지러지는 비명을 지르며 풀썩 쓰러졌다. 남자가 손에서 놓친 칼을 발로 차버린 미소는 바닥에서 게거품을 물고 벌레처럼 꿈틀거리는 그와 칼을 번갈아 보며 자신이 큰 잘못을 저질렀다는 것을 깨달았다.

소란에 윗집에서 사람이 내려와 미소와 쓰러진 남자를 바라봤다.

"이걸 어쩌지."

매도인과 전화 통화를 끝낸 부동산 사장이 난처한 표정으로 입을 열었다.

"왜요?"

미소가 스마트폰에 열린 은행 앱을 터치하며 물었다.

"집주인이 이제 와 집을 안 팔겠다네."

"네? 집을 안 판다고요?"

"으응."

"아니, 이럴 수도 있는 건가요?"

"요즘같이 집값이 하루가 다르게 오르는 시기에는 종종 있는 일이야."

얼마 전 어렵게 돈을 긁어모아 빌라를 계약한 미소는 순간 맥이 빠졌다.

"아휴, 그래서 중도금을 받기로 한 통장이 막혀 있었던 거군요."

"그렇지. 중도금이 입금되면 매매계약을 해제할 수 없으니까 집주인이 중도금이 들어오기로 한 통장을 아예 없애버린 거 같아. 집주인이 빌라 호가를 황미소 씨한테 팔았던 것보다 7천만 원이나 올려서 다시 팔겠다는군."

"네? 한 번에 7천만 원을 올린다고요? 그럼, 3억 2천인데……."

"요즘 매물이 하도 없으니 그 가격에 내놓아도 산다고 할 사람은 있을 거야. 이 동네가 재개발 이야기도 나오고 하는 동네이니 말이야. 집주인 입장에서도 황미소 씨한테 계약금 2천5백만 원 받은 것을 배액 배상한다고 해도 3억 2천에 다시 팔면 2억 5천에 판 것보다 4천5백 더 이득이니 황미소 씨와 계약 해제하기로 결정한 것 같아. 4천5백이면 풀옵션 그랜저도 살 수 있는 금액이니 그럴 만도 하지."

"말로만 듣던 '배배'를 내가 당할 줄이야."

"배배가 뭔가?"

"배액 배상의 줄임말이에요."

"아하, 요즘 젊은 사람들은 뭔가 줄여서 말하는 거에 꽤 능숙한 거 같아. 배배라. 나도 써먹어야겠는데. 하하하. 황미소 씨, 너무 기분 나빠할 거 없어. 계약금 2천5백만 원 넣고, 며칠 만에 두 배인 5천만 원이 된 거잖아. 원하던 집을 못 사서 안타깝지만, 세상사 긍정적으로 생각해야지. 그냥 어디 투자했는데, 운이 좋아 며칠 만에 두 배 뛰었다고 생각해. 그래야 마음이 편해. 내가 여태 세상 살면서 느낀 건데, 세상은 항상 긍정적으로 사는 사람한테 행운도 찾아오고 기회도 오더라고. 그러니까……."

"돈은 언제 들어오지요?"

미소는 아무 위로도 되지 않는 부동산 사장의 말을 툭 끊었다.

"계좌 알려주면 지금 바로 황미소 씨 통장으로 넣어준대."

미소가 부동산 사장에게 계좌번호를 알려주고 얼마 지나지 않아 입금 알림 문자가 들어왔다.

“지금 돈 보냈다는데, 확인해 봐.”

부동산 사장이 매도인과 전화 통화를 하면서 미소에게 말했다.

“네. 지금 들어왔네요.”

“계약이 마무리까지 잘됐어야 나도 보람 있는데, 이렇게 되어 안타깝네. 또 기회가 있을 거야. 힘내.”

통화를 마친 부동산 사장이 미소를 위로했다.

“네. 고맙습니다. 사장님 말씀대로 긍정적으로 생각할게요.”

“하하하. 좋아! 젊은 사람이라 에너지가 넘치는군.”

“그럼, 안녕히 계세요.”

미소가 고개 숙여 정중히 인사하고 자리에서 일어났다.

“아, 잠깐. 중개수수료는 어떻게?”

부동산 사장이 정색하고 말했다.

“중개수수료요?”

완전히 성사되지 않은 거래에 대해 중개수수료를 내야 한다는 사장의 말이 이해되지 않아 미소가 되물었다.

“부동산 거래가 처음이라서 잘 모르나 본데, 계약서 쓰고 나중에 계약이 해제되더라도 중개인의 과실로 해제된 게 아니면 중개수수료는 줘야 하는 거야. 집주인이 지금 돈 보내준 것도 있고 하니, 바로 나한테도 수수료를 계좌로 쏴주면 어떨까. 뭐든 계산은 빨리하는 게 좋아."

미소는 집을 사기 위해 부동산 공부를 하면서 책도 읽고, 유튜브를 보거나 유료 강의를 듣기도 했는데, 이런 경우에 부동산 중개수수료를 내야 하는 건지, 말아야 하는 건지에 대해 언급한 책이나 강의는 없었다.

"제가 이런 게 처음이라 좀 알아보고, 나중에 계좌로 보내드릴게요."

미소는 잘 모르는 상태에서 부동산 사장의 말만 믿고 중개수수료를 넙죽 내줄 수는 없는 노릇이었다.

"알아보긴 뭘 알아봐. 내가 필드에서 일하는 부동산 전문가 아닌가. "

"그건 그렇지만……."

"중개수수료 백만 원에 내가 젊은 사람한테 거짓말이라도 하겠어?"

"수수료가 백만 원인가요?"

"2억 5천에 계약했으니까 0.4% 해서 백만 원."

평소 같았으면 백만 원이 큰돈이라고 생각했겠지만, 방금 미소에게 공돈 아닌 공돈 2천5백만 원이 통장에 들어온 것을 생각하니 백만 원이 조금은 우습게 느껴졌다.

"알겠습니다. 지금 입금해 드릴게요. 계좌번호 불러주세요."

"부가세 10%는 별도야. 그러니 입금은 백십만 원."

부동산 사장이 어색한 미소를 지으며 말했다.

"10만 원 정도는 깎아주시면 안 될까요?"

"수수료를 깎아달라고?"

"네. 중개수수료는 무조건 요율대로 받는 게 아니라, 요율 범위 안에서 상호협의로 결정하는 것으로 알고 있거든요."

미소는 얼마 전 부동산 전문 유튜브에서 들은 내용이 생각나 그대로 이야기했다.

"흐음…… 그렇다면."

부동산 사장은 불의의 일격을 받은 듯 잠시 눈이 멍해지더니, 이윽고 중요한 결심이나 한 듯 큰 숨을 내쉬고는 미소를 똑바로 바라봤다.

"우리 이렇게 하지. 황미소 씨가 중개수수료를 내가 말한 대로 부가세 포함해서 백십만 원 주면, 내가 황미소 씨에게 이 동네 빌라를 싸게 살 수 있는 좋은 정보를 하나 제공해 줄게.

어때?"

"이 동네에 싸게 살 수 있는 빌라가 아직 남아 있어요?"

"그럼!"

부동산 사장의 말에 미소의 가슴속에 움츠려 있던 내 집 마련의 희망이 다시 솟아올랐다.

"황미소! 요즘 도대체 뭐하고 돌아다니는 거야!"

미소가 출근하자마자 예상했던 대로 날벼락이 떨어졌다.

"그게, 저……"

"돌아다니면서 범죄자를 잡아야 할 사람이 도리어 범죄를 저지르고 다니다니 말이야. 너 정신이 있는 거야, 없는 거야."

"팀장님, 일단 미소 씨 이야기를 들어보시죠. 예단 없이 이쪽 저쪽 이야기를 다 들어보는 게 우리 일이잖아요. 자, 미소 씨도 여기 소파에 앉아서 팀장님께 잘 설명해드려."

미소의 2년 선배 선욱은 눈을 희번덕거리며 목에 핏대를 세우고 있는 구 팀장을 소파로 이끌며, 같이 앉았다.

"휴일에 왜 남의 집을 찾아가 남자 낭심을 걷어찬 거지?"

구 팀장이 자리에 앉자마자 물었다.

"제집에서 안 나가고 버티는 임차인이 있어서 대화 좀 하려고 찾아갔는데, 남자가 칼을 들고나오는 바람에 본능적으로 급소를 차버렸어요."

"네 집?"

구 팀장이 확인하듯이 물었다.

"네에…… 제집이요."

"미소 씨 명의로 된 집이야?"

선욱이 물었다.

"네. 최근에 경매로 낙찰받은 빌라예요."

"경매로 집도 장만하고 대단한데. 경매는 어떻게 배웠어?"

"책도 읽고, 강의도 듣고 했어요."

미소가 구 팀장의 눈치를 보며 조심스럽게 대답했다.

"그런데 남자는 왜 칼을 들고 뛰쳐나온 거야?"

구 팀장이 한층 누그러진 목소리로 물었다.

"나중에 조사받으면서 들었는데, 제가 초인종을 눌렀을 때 포기김치를 꺼내서 자르고 있었대요. 저랑 스피커폰으로 이야기하는 내내 칼을 들고 있었는데, 칼을 들고 있는 사실을 잊고 그대로 문을 열고 나온 거라고 하더라고요."

미소가 풀죽은 목소리로 말했다.

"아! 그런 일이 있었구나. 내가 여자라도 혼자 칼을 든 남자를 갑자기 맞닥뜨리면 본능적으로 급소를 걷어찰 수밖에 없을 것 같아. 그렇지 않나요, 팀장님?"

선욱이 미소 편을 들면서 구 팀장을 바라봤다.

"그런 돌발상황이 생기면 일단 자리를 피하는 게 상책이지, 다짜고짜 남자한테 제일 중요한 곳을 인정사정없이 걷어차 버리면 어떡하나."

"팀장님, 우리 미소 씨가 수방사 독수리 대대 특임 중대 출신의 재원 아닙니까. 언뜻 보면 가냘파 보여도 반사신경이 엄청 빠른 슈퍼우먼이라고요. 지금 이야기를 들어보니 미소 씨 입장에서는 칼을 든 남자를 보고 생명의 위협을 느꼈을 만한 상황이었어요. 발로 급소를 차는 게 그렇게 이상한 반응은 아니었다고 봅니다. 법리적으로는 '오상방위'로 볼 수도 있고요."

선욱은 미소의 변호인처럼 열심히 미소를 변호해 주었다.

"더군다나 그 남자가 들고 있던 칼에는 피 같은 빨건 액체가 묻어 있었어요. 그것 때문에 더 흥분하게 된 것 같아요. 나중에서야 그게 피가 아니고, 김칫국물이었다는 걸 알게 된 거죠. 죄송합니다. 물의를 일으켜서……."

미소가 구 팀장에게 고개를 숙였다.

"듣고 보니 오해로 실수할 만한 상황이었던 것 같네."

구 팀장이 고개를 끄덕이며 말했다.

"근데, 미소 씨는 갑자기 무슨 바람이 불어서 경매로 빌라를 산 거야? 미소 씨 아직 20대 중반이잖아. 그렇게 서두르지 않아도 될 텐데."

방금까지 목에 핏대를 올렸던 구 팀장은 언제 그랬냐는 듯 나긋나긋한 목소리로 말했다.

"팀장님도 아시다시피 요 몇 년 사이 부동산 가격이 폭등했잖아요. 그것 때문에 부모님이 자주 싸우세요."

"부동산 가격이 올랐는데, 왜 부모님이 싸우셔?"

미소 옆에 앉아 있던 선욱이 의아하다는 표정으로 물었다.

"저희 부모님은 여태 부모님 명의의 집을 가져본 적이 없거든요. 지금까지 계속 전세로만 사셨어요. 엄마는 몇 년 전부터 아빠 퇴직 전에 조그마한 집이라도 하나 등기해야 하는 거 아니냐고 하셨는데, 아버지는 전혀 관심이 없었어요. 전세로 살면 더 싸게, 평수 넓은 집에서 살 수 있는데, 굳이 세금 내면서 집을 사느냐고 되레 타박하셨죠. 그런데 아파트 가격이 몇 년 사이 거의 두 배가 오르면서 덩달아 전세도 많이 오른 탓에 다음 전세 계약 갱신 때는 억 단위로 보증금을 올려줘야 할 상황이거든요. 엄마는 재테크라는 걸 해본 적이 없는 분이고, 공무원인 아빠 월급을 쪼개 막연히 적금만 부었는데, 이제 깨달은 거죠. 이렇게는 절대 내 집을 장만할 수 없고, 남의 집에 전세 보증금만 올려줘야 한다는 사실을 말이죠. 그래서 폭발하신 거고, TV에서 부동산 이야기가 나올 때마다 아빠에게 마구 화풀이하고 계세요. 평소 싸움 같은 건 안 하시던 분들인데……. 그래서 저는 부모님의 전철을 밟지 않기 위해서 무리해서라도 제 이름으로 등기된 집을 가지고 싶었어요."

"흐음…… 그런 사연이 있었군. 이야기를 듣고 보니 미소 씨 마음을 이해할 수 있을 것 같네. 내 집 마련한 거 축하해."

구 팀장이 얼굴에 의미를 알 수 없는 옅은 미소를 띠며 말했다. 구 팀장의 분노에 찬 질책으로 시작한 대화가 공감과 축하로 마무리되는 순간이었다.

"그 남자 병원에 입원했다며? 일이 더 커지지 않게 찾아가서 충분히 사과하고 합의를 하도록 해. 미소 씨 혼자 해결하는 게 힘들 것 같으면 선욱 씨가 옆에서 좀 도와주도록 하고."

"네. 알겠습니다. 충성!"

선욱이 자리에서 일어나 재킷을 걸치는 구 팀장에게 과장된 몸짓으로 거수경례를 붙였다.

"그런데, 팀장님 어디 가시려고요? 재킷은 왜?"

선욱이 물었다.

"어…… 부동산 사무실에 잠시 볼 일이 있어서."

"부동산이요? 팀장님도 집 사시게요?"

"와이프가 하도 볶아대서 말이야. 약속 시간 때문에 이만."

구 팀장은 말을 잘라먹고 부리나케 사무실을 나섰다.

선욱이 함께 오겠다는 것을 극구 사양하고 미소는 홀로 남자가 입원해 있는 병원을 찾았다.

그 소란이 있고 난 뒤 곧 출동한 경찰과 함께 경찰서로 가게 된 미소는 폭행 사건의 피의자로서 조사를 받았다. 조사를 받으면서 현직 경찰임을 밝혔을 때 조사하던 수사관이 얼굴을 일그러뜨리고 잘못하면 경찰에서 잘릴 수 있다고 조언하며 빨리 피해자와 합의해서 합의서를 제출하라고 했다.

미소에게는 다행이지만, 무슨 꿍꿍이가 있는 것인지 그 남자는 지금까지 상해진단서를 담당 수사관에게 제출하지 않았다. 남자가 상해진단서를 제출하면 사건은 상해죄가 되어 합의를 하더라도 벌금형을 받을 수 있다. 일반 회사원이나 자영업자라면 벌금형은 직업을 영위하는 데 아무런 지장이 없겠지만, 현직 경찰에게 벌금형은 경찰 생활을 종쳤다는 확인서나 마찬가지다. 그런 전과 꼬리표가 붙으면 승진심사 때마다 물먹는 일이 생길 것이다. 매번 승진에서 누락되면 자기 후배가 상급자가 되어 자신에게 이래라저래라하는 꼴을 보게 된다. 그러니 대부분의 경우 스스로 제복을 벗는다.

만약 그 남자가 끝까지 상해진단서를 제출하지 않는다면 폭행죄로 처리할 수 있고, 합의서만 제출한다면 '반의사불벌죄'인 폭행죄는 '공소권 없음'으로 종료된다.

이런 이유로 빠른 시일 안에 상해진단서를 제출하기 전, 남자와 합의하는 건 미소가 앞으로 경찰로 남느냐 마느냐를 결정하는 중요한 일이었다.

미소는 의무복무 기간을 마치고 전역한 후 경찰이 되기로 마음먹고 노량진에서 1년 넘게 밤낮으로 공부했다. 운 좋게 짧은 수험기간을 마치고 경찰이 되었고, 입직한 지 얼마 되지 않아 내 집까지 손에 거머쥐었다.

하지만 이제 자칫 잘못하면 직장도 잃고, 집도 잃을 수 있다. 그러지 않으려면 반드시 합의를 해야 한다.

미소는 병실 앞에 기재되어 있는 환자 명단 중 '변호인'이라는 이름을 확인하고, 병실 안으로 들어갔다. 남성 환자들만 있는 5인 병실에 미소가 들어가자 축 처진 환자들의 시선이 모두 미소에게 쏠렸다. 미소는 자신을 바라보는 얼굴 중 가장 창백한 얼굴을 한 남자에게 다가갔다.

"저… 몸은 좀 어떠신가요?"

"당연히 안 좋지."

미소를 알아본 호인이 눈을 가늘게 뜨고 퉁명스럽게 대답했다.

"변호인 선생님, 죄송해요. 제가 그날 흥분한 상태인데다가 변호인 선생님께서 들고 있는 칼을 보고 더욱 흥분해서 본능적으로 발이 나갔어요. 의도적으로 그런 건 절대 아닙니다. 더군다나 칼에 묻은 김칫국물을 피로 착각까지 해서 순간적으로 거의 정신이 나간 상태였어요. 정말 죄송합니다. 변호인 선생님, 제가 죽을죄를 졌습니다."

"저기요. 난, 교사 자격증 없어. 말끝마다 선생님 소리 안 붙이면 좋겠는데."

"아…… 제가 직장에서 저를 찾아오시는 분들에게는 선생님이라는 호칭을 붙이는 게 습관이 되어서요. 거슬렸다면 죄송합니다."

"말 길게 할 거 없고. 너 경찰이라며?"

"네에……."

"경찰이 사람을 때리고 다니면 어떻게 되는 줄 알아?"

"……."

"짤려! 짤린다고! 잘 알고 있지?"

"……."

"너, 합의 보려고 찾아온 거지?

"네…… 에, 맞아요. 진심으로 사과도 드리고요……."

"마음에도 없는 사과는 됐고. 중요한 건 합의금이 아닐까? 합의금은 얼마나 가지고 왔어?"

"오늘 말씀 들어보고, 제 능력 범위 안에서 최대한 준비할 생각이에요."

"오호! 그래? 내 말씀 들어보고 준비한다?"

"네."

"합의금은 더도 덜도 말고, 내가 돌려받지 못한 임대차보증금만큼만 받으면 돼. 유노? 오케이?"

"엥!? 보증금만큼?"

미소는 기가 차서 말도 제대로 나오지 않았다.

호인이 밉살스러운 입으로 뱉어낸 말에 의하면, 지금 합의금 수천만 원을 요구하고 있다. 순간, 뜨거운 불덩이가 몸속으로 들어와 온몸을 태우는 것처럼 열이 치솟기 시작했다.

"저, 실례지만, 직업이 변호사라면서요?"

"근데?"

"너무 터무니없는 금액이잖아요. 변호사라면 폭행 사건의 합의금이 어느 정도라는 건 아실 거 아니에요? 그리고 돌려받지 못한 보증금하고 합의금은 무슨 상관이 있다고 그걸 연관

시켜요."

미소는 최대한 감정을 억누르며 말했지만, 흥분에 목소리가 떨리는 건 숨길 수 없었다.

"왜 상관이 없어. 가해자인 네가 지금 합의를 원하는 거잖아. 그러니 네가 원하는 걸 얻으려면, 피해자인 내가 원하는 것도 충족시켜 줘야 하는 건 당연한 거지. 이 정도는 초등학생도 쉽게 이해할 수 있을 거 같은데."

빈정거리는 호인의 얼굴을 바라보던 미소는 고개를 돌려 주변을 살폈다. 예상대로 같은 병실 환자들이 생기 넘치는 눈으로 둘을 바라보고 있다가, 미소와 시선이 마주치자 약속이나 한 듯 시선을 거두며 돌아누웠다.

"우리 여기서 이러지 말고, 병실 밖 테이블에서 합의금에 관해 이야기하는 게 좋을 거 같아요."

"오, 내가 원하는 만큼 합의금을 줄 생각이 있나 보네. 알았어. 이야기 좀 더 들어보지."

남자는 자리에서 일어나, 어기적거리며 미소의 뒤를 따랐다.

미소는 호인과 간호스테이션을 지나쳐 환자나 가족이 쉴 수 있는 소파가 있는 곳으로 걸었다. 소파에 호인이 먼저 앉자, 미소는 화장실에 다녀오겠다며 왔던 길을 되돌아갔다.

미소가 멈춘 곳은 간호스테이션.

"안녕하세요. 여기 입원해 있는 변호인 환자 지금 상태 좀 알아보려고 하는데요."

"변호인 님이요?"

데스크에 앉아 있던 앳된 얼굴의 간호사가 잠시 키보드를 치더니 미소를 바라보며 대답했다.

"그런데, 오신 분은 변호인 님과 무슨 관계이신가요?"

"어…… 여자…… 친구예요."

"아, 여자친구시구나."

"어때요? 괜찮아요?"

"다행히 크게 다치지는 않은 것 같아요. 검사 결과도 별다른 소견은 없습니다. 부기만 좀 가라앉으면 며칠 내에 퇴원 가능할 것 같아요."

"혹시, 후유증 같은 건?"

"어떤 후유증을 말씀하시는 건가요?"

"생식기능이요. 저한테는 좀 중요한 사항이라서요."

"아……."

간호사는 십분 이해한다는 표정으로 고개를 끄덕이며 말을 이었다.

"그렇지 않아도 환자분께서 교수님과 주치의 선생님께 그 점에 관해 여러 번 물었는데, 생식기능에 아무런 문제가 없다고 말씀하셨어요."

"휴, 다행이네요."

미소가 안도하는 표정을 지으며 말했다.

"그간 걱정 많이 하셨을 텐데, 안심하셔도 될 거 같네요."

간호사가 활짝 웃으며 말했다.

"아픈 사람 이렇게 기다리게 하는 건 예의가 아닐 텐데."

호인이 소파로 다가오는 미소를 째려보며 비아냥거렸다.

"아무리 생각해도 원하시는 만큼의 합의금은 안 되겠어요. 제 연봉이 겨우 3천밖에 안 되는데, 도저히 불가능한 금액이에요."

미소가 소파에 앉자마자 단도직입적으로 말했다.

"마통 뚫어. 1억은 그냥 빌려주잖아."

"마통은 이미 풀로 다 썼어요. 이 집 사는데 말이죠."

"그럼, 부모님 계시잖아."

"부모님도 모아둔 돈이 없어요."

"어휴, 흙수저구먼, 흙수저. 그럼 어쩔 건데?"

흙수저란 말이 과히 틀린 말도 아니었지만, 미소는 자신의 부모까지 들먹이며 욕하는 거 같아 더는 참을 수가 없었다.

"이 새끼, 정말 양아치네! 거기 생식기능에는 전혀 문제가 없고, 부기만 빠지면 퇴원하면 될 텐데 합의금으로 몇천? 이젠 난 모르겠고, 네가 선택할 수 있는 건 두 가지 중 하나야. 이사비 겸 합의금 200만 원 받고 내 집에서 나가든지, 아니면 땡전 한 푼 못 챙기고 법원 집행관한테 쫓겨나든지."

"200만 원? 미친 거 아냐? 너 직장에서 잘리는 건 생각 안 해 봤어?"

"내 걱정은 안 해도 돼. 난 아직 젊으니 잘려도 새로운 직장을 구하면 그만이야. 너 같은 사기꾼 양아치한테 질질 끌려다니면서 돈 뜯기는 것보다 직장에서 잘리는 게 나을 거 같아. 빨리 선택해라. 200만 원 안 받을 거면 난 지금 바로 법원에 가서 법대로 집행관한테 명도 집행 신청할 거야. 애당초 처음부터 바로 명도 집행을 신청했어야 하는데, 몇 푼 아껴보겠다고 괜히 너랑 협상을 시도하다가 사달이 나서 여기까지 끌려온 내가 바보다, 바보! 이미 직장에서 잘렸다고 생각하니 이제는 마음이 편하다.

난 이제 아쉬울 게 없는 사람이야. 빨리 결정해라. 200만 원이라도 받고 조용히 사라질 거면 말이야!"

"흠……."

"어서!"

"그럼, 200만 원에 병원비도 추가해줘……."

"계좌 불러."

미소는 호인이 불러준 계좌로 돈을 바로 입금했다.

"병원비는 넉넉히 추가했으니, 빨리 합의서 써서 내놔. 그리고 이사는 언제 갈 거야?"

"그런데 너 그 집 잘못 산 거야. 금세 후회할 거다."

현관문이 맥없이 열렸다. 미소는 안으로 들어가기 전, 다잇소에서 산 호실 문패를 꺼내 현관문에 붙어 있는 기존 문패 위에 덧붙였다. 순식간에 202호가 201호로 바뀌었다.

잘못 붙은 현관문 표시 때문에 몇 주간 얼마나 마음고생했던가.

미소가 경매로 이 집을 낙찰받은 후 겪은 일들을 되새기며 집 안으로 들어가려고 할 때, 위층에서 남자가 내려왔다. 야구모자를 눌러쓴 남자는 살짝 고개를 숙이고 어색하게 인사하며, 현관문에 붙은 명패를 바라봤다.

"이제 명도 완료하셨나 봐요?"

"네, 끝냈어요. 저번에 소란 피워서 죄송합니다. 앞으로 잘 부탁드립니다."

미소는 이제 같은 빌라 입주민으로서 남자에게 깍듯이 인사했다.

"근데, 호수가 바뀌었네요?"

"아, 모르셨죠? 이 빌라는 건축 후 건축업자가 명패를 잘못 달아서 맞은편 집과 바뀐 상태예요. 건축물대장과 등기부등본상에는 201호인데, 실제 명패는 202호로 잘못 달아 놓은 사소한 실수 때문에 처음 입주 때부터 맞은편 집끼리 서로 바꿔 들어가 살고 있다가 이번 경매 과정에서 그게 밝혀져 이렇게 원상 복구된 거죠."

"그런 일도 있나요?"

"네, 이번에 경매로 이 물건을 낙찰받으면서 저도 처음 알게 되었어요. 법원 경매계에서 그러는데, 건축업자 실수로 빌라는 이런 경우가 종종 있다고 하더라고요. 선생님은 몇 호에 사시죠?"

"이 집 바로 윗집이요."

"문패는 302호이겠네요?"

"네."

"그럼, 선생님 집도 302호가 아니고, 원래는 301호예요. 301호인데, 302호로 문패가 잘못 달린 거죠."

"아. 그렇군요."

"혹시, 집주인이세요? 세입자세요?"

"그건 왜?"

"만약 세입자이시면 '주택임대차보호법'상 임차인으로 제대로 보호받지 못해요. 왜냐하면 전입신고를 제대로 하지 않은 거기 때문이죠."

"이해가 잘 안 되는데요."

남자는 고개를 갸웃거렸다.

"선생님의 경우를 예로 들면, 만약 선생님이 세입자인데 지금 사는 집 문패만 보고 302호인 줄 알고, 주민센터에 가서 302호로 전입신고하면 법적으로 보호받지 못한다는 거죠. 그 집은 원래 301호이니 결과적으로 옆집을 잘못 점유하고 있는 거고, 전입신고도 잘못한 꼴이니까요. 이 집에 살던 멍청한 변호사도 그걸 제대로 확인하지 못해서 임차보증금 일부를 떼이고 나간 거예요."

"아…… 조심해야겠네요."

"네, 맞아요. 그런데 선생님 맞은편 집은 집주인인가요? 세입자인가요?"

"잘 모르겠어요. 옆집 사람과 그런 이야기는 안 하니까요."

"만약 세입자라면 그분도 위험할 텐데요."

"뭐, 알아서 하겠죠."

남자는 이야기가 길어지려고 하자 서둘러 자리를 뜨려는 기색이 역력했다. 이야기하면서 남자가 익숙한 얼굴이라고 생각하던 미소는 드디어 남자를 어디서 봤는지 기억해 냈다. 모자를 눌러 써서 바로 알아보지 못했지만, 남자는 부동산 폭락론으로 유명한 부동산 유튜버 '강남 폭락 줍줍이'였다.

그는 구독자 50만 명을 거느린 인기 부동산 유튜브 채널의 운영자였다. 그가 운영하는 채널의 주된 콘텐츠는 부동산이 조만간 폭락할 것이라며, 그때까지 기다렸다가 기존 가격 반토막, 반의 반토막이 날 때 싸게 부동산을 사자는 것이었고, 지금 고점에서 집을 사면 조만간 하우스푸어가 되어 패가망신한다는 내용이었다. 하지만 4년 내내 부동산 가격 폭락은 오지 않았고, 오히려 폭등만 있었다. 매년 폭락을 예측하며 구독자들에게 슈퍼챗과 후원금을 받고 있는데, 사실 예측이라기보다는 부동산 가격이 자신의 말처럼 떨어질 때까지 인디언 기우제를 지내고 있는 형국이었다.

미소도 처음 부동산에 관심을 갖고 부동산 공부를 시작했을 때 구독자가 많은 '강남 폭락 줍줍이' 채널을 구독하였지만, 어딘가 사짜 냄새가 풍기는 것 같아 얼마 되지 않아 구독을 해지했다.

"혹시? 강남 폭락 줍줍님 아니세요?"

"어…… 네에."

"와! 여기서 줍줍님을 뵐 줄은 상상도 못 했어요. 반가워요! 인기 유튜버와 같은 빌라 주민이 되다니 정말 영광입니다."

"감사합니다. 그런데 부탁 하나 드려도 될까요?"

줍줍이 난처한 표정으로 말했다.

"네, 말씀하세요."

"저를 알아보시는 거 보니 유튜브를 즐겨보시는 거 같은데, 제가 여기 산다는 것을 소문내지 않았으면 좋겠습니다. 소문나면 찾아오시는 구독자분들이 있을까 봐요. 그렇게 되면 주변에 폐를 끼치는 일도 생기고 하니까 말입니다."

"걱정 마세요. 절대 말하지 않을게요."

줍줍은 대답을 듣자마자 계단을 내려갔다. 이내 시동 소리와 함께 차가 출발하면서 내는 타이어 마찰음이 들렸다. 미소는 계단참에 있는 창문을 통해 빌라 주차장을 빠져나가는 BMW의 뒤꽁무니를 바라봤다. 모델을 보니 1억이 훨씬 넘는 SUV였다. 유명 부동산 유튜버와 허름한 빌라 그리고 고가의 외제 차. 선뜻 와닿지 않는 조금은 기묘한 조합이었다.

미소는 할인마트에서 산 푹신한 이불을 코밑까지 끌어올리고는 천장을 바라보며 이불 속에서 두 주먹을 불끈 쥐었다.

드디어 내 집을 마련했다. 지금은 비록 20평도 채 안 되는 낡은 빌라지만, 앞으로 열심히 부동산 투자를 해서 10년 안에, 그러니까 40대가 되기 전, 강남에 아파트를 하나 마련하리라.

미소는 뿌듯한 마음으로 머지않은 미래에 강남 사모님이 되어 있는 자신의 모습을 머릿속에 그리고 있었다.

몇 시간 동안 집 청소를 하고 아이스 아메리카노와 커피번 하나로 저녁을 때웠지만, 전혀 배가 고프지 않았다. 지금 누워 있는 집이 내 이름으로 등기된 진짜 내 집이라고 생각하니, 오늘 처음 자리에 눕는 거였지만, 한 10년은 살았던 것처럼 익숙하고, 편안했다.

징징거리던 변호사 놈이 집을 떠날 때 집에 해코지를 해놓고 갔을까 봐 걱정도 했는데, 예상외로 깔끔하게 정리가 되어 있어 놀랐다. 쪼잔하고 양아치스러워서 그렇지 자신 주변은 깨끗이 정리하는 성격인 거 같았다.

작은 건축회사에서 지은 빌라인 터라 한쪽 벽면이 고르지 않고 약간 울퉁불퉁한 게 눈에 거슬렸지만, 화장실과 싱크대도 깨끗했고, 도배, 장판 그리고 보일러까지 하나도 손볼 게 없었다. 집에서 한 거라고는 청소기를 돌리고, 걸레질을 한 것뿐이었다.

아직은 아침저녁으로 쌀쌀한 환절기라 보일러를 틀어놓았더니, 이불 속이 금세 따뜻해졌다. 미소는 행복한 피곤함과 함께 잠에 빠져들었다.

쿵. 쿵. 쿵.

작은 울림이 미소의 의식을 두드렸다.

위층 발소리인 것 같기도 하고, 옆집에서 벽을 두드리는 소리인 것 같기도 한 울림은 일정한 간격으로 계속됐다.

미소는 잠에서 완전히 깨지 않은 흐릿한 의식으로 울림소리를 느끼며 다시 잠에 빠져들었다.

- 추워.

얼마나 지났을까.

서늘한 기운이 느껴졌다. 보일러가 꺼졌나 확인하려고 일어나려고 했지만, 일어날 수가 없었다.

미소는 서늘한 기운이 점점 자신에게 다가오는 것을 느낄 수 있었다. 고개를 들어 서늘한 기운이 느껴지는 쪽을 바라보려고 했지만, 도무지 머리를 움직일 수 없었다.

몸이 전혀 말을 듣지 않는다는 걸 깨달은 순간, 의식이 완전히 또렷해지고 온몸에 소름이 돋았다.

- 추워.

잠결에 자신이 혼잣말로 한 것인 줄 알았는데, 그게 아니었다.

미소 곁에 미소가 아닌 다른 누군가가 있었다.

- 나 추워. 이불 좀 덮어줘.

미소는 자신의 얼굴 근육이 일그러지고 있다는 걸 느꼈다.

미소를 향해 서서히 다가오는 서늘한 기운은 미소의 온몸을 얼어붙게 했다.

눈을 부릅떴다.

어떤 존재를 마주쳐도 절대 놀라지 않으리라.

미소가 스스로 다짐하는 순간, 자신을 내려다보는 희끄무레한 그림자와 눈이 마주쳤다.

"으아악!"

드디어 미소의 목구멍에서 소리가 튀어나왔다.

'법무법인 경매Law'

미소는 법무법인 간판이 보이자 명함을 꺼내 다시 한번 확인했다. 싱크대 서랍에서 발견한 명함에는 '법무법인 경매Law 변호사 변호인'이라고 쓰여 있었다. 미소는 심각한 일로 이곳을 찾았지만, 피식 웃음이 나왔다.

이름을 보아하니 부동산 경매를 전문으로 하는 법무법인에서 일하는 변호사 같은데, 정작 경매 절차에서 자신의 임차보증금도 제대로 챙기지 못하고 살던 집에서 쫓겨나듯이 나간 사람이다. 그런 사람이 다른 사람의 의뢰를 받아 경매 사건을 해결해 주는 일을 업으로 하고 있다니, 누구든 이 이야기를 들으면 실소를 금치 못할 것이다.

미소는 심각한 표정으로 사건 의뢰인 앞에서 폼을 잡고 있을 호인을 상상하니 어처구니가 없었다.

사무실에 들어가자마자 미소는 안내데스크 직원에게 호인의 명함을 건네며 약속은 하지 않고 왔다고 말하자, 직원은 상담실에서 잠시 대기하고 있으라고 안내해 주었다.

잠시 후, 호인이 밝은 표정으로 상담실로 들어왔다.

"안…… 안녕하셨지요?"

미소가 어색하게 인사를 건네자 미소를 알아본 호인의 얼굴이 금세 일그러졌다.

"무슨 일로 여기까지 찾아온 거지?"

"좀 여쭤보고 싶은 게 있어서요."

"법률상담인가?"

"딱히 그런 건 아니고요. 집 문제 때문에요."

"10분에 30만 원이다."

"뭐가요?"

"상담료! 여긴 우리 사무실이고, 난 변호사니까 상담료 받는 건 당연한 거 아닌가?"

"그래요. 그 정도는 지불할 수 있어요. 근데, 고객한테 상담료까지 받으면서 반말하는 건 너무 심한 거 아닌가요? 서비스 정신이 좀."

"우리 같은 악연끼리 무슨 존댓말을. 그냥 너도 편하게 말해. 저번에 보니 발길질뿐만 아니라 욕도 잘하고, 반말도 잘하더만."

"그래, 그러지 뭐."

"뭐 때문에 왔어?"

"이런 이야기하면 정신 나간 사람으로 생각할지 모르겠는데, 그 집에 살 때 혹시 이상한 경험한 적 없었어?"

미소가 호인의 반응을 살피며 천천히 말을 꺼냈다.

"이상한 경험이라면? 그 할머니?"

호인의 대답에 미소의 눈이 번쩍 커졌다.

"알고 있었구나?"

"내가 말해주지 않았나? 너 그 집 잘못 산 거라고 말이야."

"그땐 그냥 단순히 악담하는 줄 알았지. 그런데 그 집에서 거의 1년 넘게 살지 않았어?"

"그렇지."

"어떻게 그럴 수 있지? 난 3일 정도 버티다가 도저히 버틸 수 없어서 다시 부모님 집으로 돌아갔어. 너무 무서워서 말이야."

"물론, 무서울 수도 있지. 쉽게 체험할 수 없는 현상이니까. 그런데 의외네. 무척 대가 센 여자인 줄 알았는데. 무서움도 느끼고 말이야."

"그럼, 호인 씨는 하나도 안 무서워?"

미소는 호인 씨라고 부르는 게 어색했지만, 마땅한 호칭이 떠오르지 않아 그렇게 불렀다.

"호인 씨? 후후후. 그렇게 불러주니 우리가 꽤 친한 사이인 거 같네."

호인이 싫지 않은 표정으로 웃으며 말했다.

"지박령이야."

호인이 단호하게 말했다.

"지박령?"

"응. 자신이 죽은 장소를 떠나지 못하고 계속 맴도는 영혼. 내 생각엔 그 건물이나, 아니면 그 건물이 건축되기 전 그 땅에서 죽은 영혼이 나타나는 거야."

호인은 흥미진진한 표정으로 지박령에 관한 이야기를 계속 이어갔다. 호인의 이야기는 인터넷에 떠도는 단편적인 이야기가 아니라, 마치 무속학자가 전문적으로 연구한 내용을 강의하는 것처럼 풍성하고, 심도 깊은 이야기였다.

"현대 과학으로 아직 증명할 수 없는 현상이지만, 분명 자연계에 존재하는 현상이고, 어떤 조건이 갖춰지면 그 집에서 우리가 겪은 것처럼 직접 인식할 수도 있어."

호인의 표정이 사뭇 진지하게 변해있었고, 미소는 아무 저항감 없이 호인의 이야기에 빠져들어 갔다.

"우와. 되게 전문적인데. 호인 씨는 법률을 다루는 변호사보다 이쪽이 적성에 더 맞는 거 같아."

"그래? 틀린 말도 아니지. 원래 그런 쪽에 관심이 많아서 학부는 국어국문과로 갔었어. 졸업하고 우리나라 무속문화를 연구하기 위해 대학원까지 진학했었는데, 국문과 나와서 밥벌이가 되겠느냐며 부모님이 심하게 반대해서 부모님 뜻대로 로스

쿨로 방향을 선회했지."

"오늘 찾아오길 잘한 거 같아. 호인 씨한테 지금 이야기를 듣고 나니 마음이 좀 편해졌어. 이번 일을 잘 해결할 수 있을 거 같다는 생각도 들고 말이야. 어때? 그 지박령을 집에서 사라지게 할 수 있는 거야?"

"물론, 할 수 있지."

"어떻게?"

"우선 그 집 내력을 좀 조사해 봐야겠어."

"내력을?"

"그래야 언제, 누가, 어떻게, 왜 죽었는지 알 수 있거든. 그럼, 나한테 정식으로 사건을 의뢰하는 거지?"

"당연하지!"

미소는 기다렸다는 듯이 대답했다.

"착수비는 천만 원이고, 성공보수도 천만 원이야. 카드 결제는 불가."

호인이 친절하게 이번 사건 수임료를 안내했다.

"이 빌라는 1층 필로티 구조로 2, 3층 각 2가구씩 총 4가구로 구성되어 있고, 2010년에 완공해서 현재 12년 차야. 알다시피 문패가 잘못 달려 있었고, 현재 2층은 제대로 원위치를 한 상태. 3층은 아직도 잘못 달린 채로 있어. 201호는 네가 살고 있고, 맞은편 202호는 공실. 301호는 30대 후반의 유튜버 아저씨, 302호는 40대 후반의 무속인 여자가 살고 있지."

호인은 희망빌라 앞에서 각 호수를 손가락으로 가리키며 미소에게 브리핑하듯 말했다.

"이 빌라에서 굳이 특이점을 찾자면, 몇 달째 공실로 있는 202호와 '정수암보살'이라는 간판을 걸고 영업하는 302호를 꼽을 수 있어."

호인의 이야기를 옆에서 듣고 있던 미소가 고개를 끄덕였다.

"내가 조사해 보라는 건 조사해 봤어?"

"응, 며칠 동안 사건 검색 시스템으로 과거에 이 빌라 주소에서 살인 사건이나 변사 사건이 발생한 적이 있었는지 조사해 봤는데, 그런 사건은 없었던 것으로 파악돼."

미소가 말했다.

"흐음…… 예상 밖인데."

호인이 고개를 갸웃했다.

"그럼, 이 빌라에서 일어난 사망 사건도 없었는데, 억울하게 죽어서 이 빌라를 떠나지 못하는 지박령이 있다는 건 모순 아닌가?"

"아냐, 아직 속단할 수 없어. 변사나 살인 사건이라는 게 반드시 경찰에 신고된다는 보장은 없잖아. 암수범죄도 있으니까."

"그렇긴 하지."

"여기 입주 후에 위층 사람들과 이야기해 본 적 있어?"

"응, 바로 윗집 남자와 몇 마디 나눠 봤어. 아, 윗집 남자 유명한 부동산 유튜버야. 구독자가 50만 명이나 되는 채널을 운영하는데, 여기에 살더라고."

"구독자 50만 명이면 수입이 꽤 될 텐데 왜 이렇게 작고 허름한 빌라에 사는 거지. 소유자야 아니면 임차인이야?"

호인의 질문에 미소는 얼마 전 계단에서 '줍줍'과 나눴던 대화 내용을 되새겨 보았다. 분명히 자신이 집주인인지, 세입자인지 물었던 것 같은데, '줍줍'은 그에 대한 대답을 하지 않았던 거 같았다.

"내가 묻긴 했는데, 확실한 대답은 없었어."

"그럼, '정수암보살'을 운영하는 무속인하고는 이야기해 본 적 있어?"

"아니. 아직."

"난 사실 저 무속인의 정체가 궁금해. 내가 보기에는 진짜 무속인 같지 않더라고."

"왜? 여기 살면서 무슨 일 있었어?"

"내가 여기 이사 와서 지박령을 경험한 이후, 이야기해 봤자 믿어줄 것 같지 않아서 주변 사람한테는 아무 말도 하지 않았어. 그런데 내가 이사 오고 얼마 지나지 않아서 '보살'이 이사를 오더라고. 아무래도 보살은 일반인과는 다른 영적 능력이 있을 것 같아 인사도 할 겸 이 집에 있는 지박령에 관해 이야기나 해 보려고 음료수를 사 들고 그 집으로 올라갔어. 뭔가 말이 통할 거 같아서 말이야. 그런데 보살은 나를 보자마자 다짜고짜 이 빌라를 바로 떠나야 한다는 거야. 이 집터랑 나랑 상극이기 때문에 우환과 풍파가 끊이지 않는다고 겁을 주더라고. 처음에는 막 퍼붓듯이 정신없이 이야기해서 그 이야기에 넘어갈 뻔했는데, 한숨을 돌리고 이 집에 나타나는 지박령에 관해 자세히 이야기해 주자 오히려 그 보살의 눈빛이 흔들리더니 몸까지 벌벌 떨더라고."

"보살이 실제 출몰하는 귀신 이야기를 듣고 놀랐다는 거네?"

"그렇지. 그것뿐만이 아니야, 이야기 중에 보살 집안을 둘러보니 여느 당집과는 전혀 달랐어. 그 집에는 자신이 모시는 신주나 당신도조차 없었고, 휑한 거실에 간이침대와 TV만 달랑 있었어. 집이 당집도 아니고, 살림집도 아닌 가끔 오가며 들러서 쉬는 휴게실 같은 분위기더라고. 그래서 어떤 신을 모시느냐, 신점이나 사주를 같이 봐줄 수 있느냐 등등 이것저것 물으면서 이 집터와 내가 상극인 이유가 무엇인지 꼬치꼬치 캐물으니 우물쭈물하면서 말을 돌리더라고. 뭔가 무속인 흉내만 내는 사람이라는 느낌이었어. 이후에도 저 사람의 정체가 뭔지 궁금하긴 했지만, 내 일도 바쁘고, 집이 경매에 넘어가는 바람에 뒤를 더 캐보지는 못했지."

"정말 이상한 구석이 있는 보살이네. 그런데 보살 이야기 중에 맞는 것도 있는 거 아닌가?"

"뭐가?"

“호인 씨, 이 집에서 우환과 풍파가 끊이지 않았잖아. 집이 경매에 들어가고, 임대차보증금을 떼이고, 처음 보는 여자한테 급소를 발로 차이고 말이야. 이 정도면 우환과 풍파 아닌가?”

“그게 이 집터와 내가 상극이라서 생긴 일은 아닌 거 같아.”

호인이 씁쓸한 표정을 지으며 말했다.

“그럼, 뭐 때문이라는 거야?”

“내가 돈 관리를 잘못해서 이 집으로 이사 온 것이 원초적인 문제겠지.”

“돈 관리를 잘못했다는 건 무슨 뜻이야?”

“주식과 코인에 투자했다가 폭삭 망했거든.”

“얼마나 날렸는데?”

“한 10억…….”

“헉! 그렇게 큰돈을?”

미소는 숨이 턱 막혔다.

“요즘 부동산 가격이 얼마나 올랐는데, 10억은 이제 큰돈도 아니야.”

“큰돈이 아니라니. 우리 집은 부모님과 동생 그리고 내 재산을 모두 모아도 10억엔 턱없이 못 미치는데.”

"어? 그래? 어떻게 한 가족의 자산이 10억이 안 넘지? 요즘은 아파트 한 채만 해도 10억이 넘잖아? 너희 부모님 아파트에 살고 계신 거 아니야?"

"아파트에 살긴 하지. 지은 지 30년이 훌쩍 넘은 주공아파트에, 전세로!"

"아, 그래서 네가 내 집 마련에 그렇게 집착이 심했구나."

"그런 셈이지. 그런데 호인 씨는 10억이라는 큰돈을 어디서 마련했어?"

"강남에 부모님이 증여해 준 아파트가 한 채 있어. 그 집 전세로 주고 빼낸 전세금으로 주식과 코인에 몰빵했거든. 그런데 이제 그 전세금은 모두 날렸고, 신용대출 당겨서 여기에 거처를 마련했던 건데, 그 보증금마저 날렸으니 현재로서는 저 차 한 대가 내 재산의 전부야."

호인이 스마트키를 누르자 맞은편 빌라 주차장에 서 있는 검은색 벤츠 비상등이 점멸했다.

"저 차도 할부가 좀 밀렸어. 한두 달 더 밀리면 캐피탈에서 바로 경매에 집어넣을 것 같아."

"부모님은 이 사실을 아시나?"

“아니. 부모님은 내가 강남 아파트에 살면서 법무법인에 잘 나가고 있는 줄 아시지. 투자한답시고 전세금 다 날려 먹고 지금 월세 40만 원짜리 원룸에 사는 건 전혀 모르셔. 아버지는 부산에서 변호사를 하고 계시고, 엄마는 병원을 하고 계셔서 서울에 올라올 일이 거의 없거든.”

“호인 씨는 정말 금수저네. 부럽다.”

“부럽기는…… 지금은 원룸에 있다니까.”

보살 이야기부터 시작해서 호인의 재산 이야기에 도달했을 무렵 눈에 익은 BMW 한 대가 빌라 주차장으로 들어갔다. 주차장에서 모습을 드러낸 ‘줍줍’은 주변을 한 번 두리번거리고는 건물 안으로 사라졌다.

“호인 씨, 여기 살면서 저 ‘줍줍’ 아저씨랑 이야기해 본 적 있어?”

“아니. 원래 남자들은 친구나 업무상으로 만나는 사람 아니면 잘 모르는 남자와는 말을 섞지 않거든.”

“난 무속인 아줌마보다 저 아저씨가 더 궁금해.”

“왜? 벌어들이는 돈에 비해 너무 값싼 곳에 살아서?”

“응. 내가 알고 있는 소문과는 너무 다른 곳에서 살고 있어서 당황스럽기까지 하네.”

“무슨 소문이 있는데?”

“그 아저씨 방송 내용은 대부분 지금 집값이 꼭짓점이니 절대 집을 사지 말고, 나중에 부동산 대폭락장이 오면 그때 ‘줍줍’ 하라는 거거든. 그런데 소문에 의하면 자신은 방송 내용과 달리 유튜브에서 벌어들인 수입으로 강남에 있는 고가의 주상복합을 매입했대. 방송은 일종의 엔터테인먼트에 불과하고, 돈벌이 수단으로 시청자들을 기만하고 있다는 게 소문의 요지야. 나도 그 소문을 믿고 ‘줍줍’ 아저씨에 대해 별로 좋지 않게 생각하고 있었는데, 여기 빌라에서 대면하니 이걸 어떻게 해석해야 하나 고민 아닌 고민을 하고 있어.”

“그렇게 궁금하면 저 아저씨 미행을 해보던가. 너 경찰이라서 그런 거 잘할 거 아니야.”

“한번 그래볼까?”

미소와 호인의 이야기가 끝날 무렵, 미소의 스마트폰이 울렸다. 미소는 화면을 확인하고 고개를 갸웃했다.

“어? 부동산 사장님이 웬일이지.”

"집 장만하니까 아주 기분 좋지?"

맞은편에 앉은 부동산 사장이 밝은 표정으로 물었다.

"좋죠. 이런저런 문제가 생기고는 있지만요."

"처음 집을 사면 원래 신경 쓸 일이 많은 거야. 그래도 내가 그 빌라 경매 나온 걸 알려줘서 황미소 씨가 낙찰받을 수 있었고, 지금처럼 집주인이 된 거 아니겠어. 덕분에 돈도 많이 벌고 말이야. 하하하!"

미소는 사장으로부터 긴히 할 말이 있다는 전화를 받고 왔지만, 사장의 뜬금없는 공치사에 괜히 온 거 아닌가 하는 후회를 했다.

"여기 빌라 낙찰받으면서 감정가보다 훨씬 높은 금액에 낙찰받았지?"

"네. 사장님이 요즘 같은 시장에는 빌라라도 감정가보다 높게 써야 낙찰받을 수 있다고 말씀하셨잖아요."

미소는 황당하다는 표정으로 말했다.

"그랬지. 그래도 지금 이 동네 가격이 또 올라서 그 빌라가 황미소 씨가 낙찰받은 금액보다 몇천은 더 올랐어. 손해 본 장사는 아니야."

"몇천이 또 올랐어요?"

"그럼, 내가 이 동네에서 부동산만 30년 했는데, 단기간에 이렇게 많이 오르는 건 처음 봤어. 요즘 재개발이다, 가로주택정비사업이다, 뭐다 해서 이 동네에 매일매일 호재가 생기고 있어. 그러니까 황미소 씨는 남들이 30년을 이 동네에 살아야 한 번 겪을까 말까 할 기회를 단박에 잡은 거라고. 아주 운이 좋은 사람이야."

"그럼, 이 동네가 재개발되면 저는 새 아파트를 공짜로 받을 수 있겠네요?"

"그렇지. 하지만……."

사장의 이마에 갑자기 주름골이 생겼다.

"아마, 황미소 씨가 새 아파트에 들어가려면 지금부터 한 20년은 기다려야 할 거야. 그러니까 사십 중후반은 되어야 입주할 수 있다는 거지. 사실, 말이 쉬워 재개발이지, 여러 사람의 이해관계가 얽히고설킨 게 재개발이라서 절대 쉽게 진행되지 않아. 한 서너 번은 뒤집어져야 이주가 시작되고 아파트가 올라갈 거야. 그러니 황미소 씨 같은 전도유망한 젊은 사람들은 재개발 기대감으로 집값이 많이 올랐을 때 여기 물건을 다른 사람한테 팔고 여기보다 상급지로 가거나, 쓸 만한 아파트로 갈아타는 게 좋아. 그리고 그 빌라에 점집인가, 무당집 있잖아. 그런 게 한 건물에 같이 있으면 사람들이 집 사는 것을 꺼려 해. 내 집 사는 사람들은 그런 걸 마치 혐오시설처럼 생각하거든. 그러니 좋은 가격에 사준다는 사람 있을 때 빨리 팔아버리는 게 상책이야."

미소는 비로소 사장이 자신에게 갑자기 전화한 이유를 알 수 있었다.

"집값이 많이 올라 매도하는 건 좋은데, 집을 산 지 얼마 안 돼 팔면 양도소득세가 많이 나오지 않나요?"

"오, 역시 젊은 사람이라 똑똑하네. 집값이 많이 올랐으니, 단기간에 매도하면 세금이 많이 나오는 건 당연지사지. 하지만 전혀 걱정할 필요 없어. 황미소 씨가 그 집을 판다고 결정하면, 양도소득세는 매수인이 대신 내주는 거로 할 수 있게 이야기해 줄게."

"세금까지 매수인이 다 내준다고요? 매수인이 돈이 꽤 많은 사람인가 봐요?"

"그렇다고 볼 수 있지. 게다가 이 동네에 대한 애착이 있더라고. 사실, 지금 매수를 희망하는 사람도 황미소 씨가 낙찰받은 빌라 경매할 때 입찰을 했다고 하더라고."

"그래요?"

"응, 황미소 씨가 예상치 못한 높은 가격에 입찰가를 써내는 바람에 그 매수 희망자는 패찰된 거지."

"흐음…… 좀 생각해 볼게요. 너무 갑작스러운 일이라, 바로 결정하지 못하겠어요."

"망설이고 자시고 할 거 없어. 내가 살아온 경험상 봤을 때 말이지, 아주 좋은 기회야. 이런 기회 두 번 다시는 없을걸? 빨리 결정해."

사장 말대로 이 기회에 집을 팔아버리면, 앞으로 지박령이니 귀신이니 하는 기괴한 일을 더 경험하지 않아도 되고, 수중에 바로 큰돈이 떨어진다.

미소는 그간 빌라로 인해 겪었던 일들 때문에 그 자리에서 바로 물건을 팔겠다고 말하려다가, 예전에 부동산 강의를 수강하면서 강사에게 들었던 말이 생각났다.

갑자기 부동산에서 연락이 와 집을 팔라고 권유하면 절대 바로 팔면 안 된다는 말.

보통 그런 경우는 그 지역 집값이 오르는 경우이고, 매도 희망자보다 매수 희망자가 더 많을 때 부동산 사장들이 중개할 물건을 발굴하기 위해 하는 영업방식이라고 했다. 강사는 이런 경우에 집주인 입장에서는 일단 튕기는 게 상책이라고 덧붙였다.

"몇천은 너무 적은 거 같아요. 저는 제가 낙찰받은 금액에서 1억 정도는 더 받아야겠어요. 이야기를 들어보니 매수 희망자가 이 동네에 대한 애착도 있다면서요. 그럼, 이 정도 금액은 지불해야 하지 않겠어요?"

미소는 일단 과하다 싶을 정도로 매도 희망 가격을 높게 부르며 튕겨보았다.

"어험."

사장이 헛기침하며 놀란 표정을 지우려고 노력했다.

"황미소 씨, 아주 배포가 커졌네. 일단 그 금액에 가능한지 매수 희망자에게 전화해 볼게. 잠시만."

사장은 핸드폰을 들고 급하게 사무실 밖으로 나갔다.

"젊은 사람이 돈복이 있네. 매수 희망자가 오케이 했어. 바로 계약하자네."

사장이 사무실로 들어오며 큰 소리로 말했다.

"정말요?!"

미소도 방금 전 사장처럼 놀란 표정을 애써 감추며, 최대한 담담하게 말했다.

하지만 속으로는 대박, 이라는 단어를 반복하고 있었다.

1억이라는 돈을 이렇게 쉽게 벌 수 있다니. 정말 믿을 수 없었다.

"오늘 저녁에 바로 계약하자고! 계약금은 황미소 씨 통장으로 쏴줄 거고. 계약서는 나랑 작성하면 돼. 내가 위임받았거든."

"사장님이 대리로 계약을 한다고요?"

"왜?"

"대리로 계약하는 건 처음이라서요."

"걱정하지 마. 내가 알아서 잘해줄 거야. 그리고 매수인도 유명세가 있는 사람이라서 믿을 만해."

"유명세요? 제가 알 만한 사람인가요?"

"황미소 씨도 부동산 유튜브 보나?"

"네."

"있잖아. 그거. 강남 폭락 줍줍이 채널. 그거 운영하는 사람이야."

"네?!"

"도대체 무슨 꿍꿍이가 있는 거지?"

미소가 의구심 가득한 표정으로 말했다.

"글쎄. 하여튼 이해할 수 없는 부분이 많아."

"확실히 그 주상복합 아파트 소유자가 맞지?"

"응. 확실해. 계약서에 기재된 주소도 거기고, 그 주소로 등기부등본을 떼 보니 소유자로 돼 있더라고, 인터넷에 떠도는 소문이 진짜였어. 다른 사람한테는 앞으로 집값 폭락한다고 절대 지금 사면 안 된다는 방송을 하면서, 자신은 잘 나가는 주상복합을 매수했다는 소문 말이야."

"그 좋은 집에 사는 사람이 이런 빌라는 또 왜 사 모으냐고. 혹시 이 빌라 건물 밑에 금괴라도 묻혀있는 거 아닐까?"

며칠 전 미소는 '줍줍'이 부동산을 통해 자신의 집을 고가에 매수하겠다고 했을 때, 자신이 모르는 무언가가 있을 것이라는 추측을 했다. 미소는 이 사실을 호인에게도 알렸고, 호인도 미소와 마찬가지로 '줍줍'의 행동이 예사롭지 않다고 판단했다.

미소는 이 집을 지금 '줍줍'에게 매도하면 얻을 수 있는 경제적 이득이 크기 때문에 빌라는 팔되, 계약서에 기재된 '줍줍'의 개인정보를 이용해서 호인과 함께 그에 대한 조사를 병행했다.

"이 등기부등본을 봐."

호인은 미소가 볼 수 있게 4장의 등기부등본을 책상 위에 펼쳐놓았다.

"이 빌라 각 호실은 2010년 초에 소유권보존 등기가 되었어. 4개 중 3개는 김춘자라는 여자 이름으로, 나머지 하나, 그러니까 미소가 얼마 전 '줍줍'한테 판 201호는 정미정이라는 이름으로 등기가 되어 있었어. 그런데 무슨 일이 있었는지, 김춘자라는 여자가 소유했던 3개 호실은 2010년 말 모두 경매로 넘어가 다른 사람 이름으로 소유권이 이전됐어."

"이 빌라는 처음부터 우여곡절이 많았었네."

미소가 얼굴을 찌푸리며 말했다.

"그러고는 1년 후, 정미정이라는 사람 이름으로 등기되어 있던 201호도 경매로 다른 사람에게 소유권이 넘어가."

"아휴, 정말 문제가 많은 빌라네. 결국 빌라 전체가 짓자마자 모두 경매로 넘어간 거네."

"더 흥미로운 건 이제부터야. 202호와 302호의 최근 소유자 이름을 봐."

호인이 등기부등본에 형광펜으로 칠한 부분을 손으로 짚으며 말했다.

"어! 정미정?"

"그래, 맨 처음 201호 소유자였던, 정미정이라는 여자가 10여 년 만에 다시 나타나 2개 호수를 산 거야."

"그럼, 정수암보살 아줌마가 정미정인 거네."

"그렇지. 그리고 301호는 정충식이 1년 전에 매입해서 등기를 했어. 며칠 전 네 집을 비싼 가격에 계약했던 '줍줍'이라는 유튜버지. 아직 네가 소유하고 있는 집의 등기 이전은 되지 않았지만, 이제 이 빌라의 두 개 호실은 정미정, 나머지 두 개는 정충식 소유가 된 거나 마찬가지야."

"게다가 공교롭게도 둘 다 정 씨네."

"이제 등기부상 둘의 주민등록번호 뒷자리 앞에 네 자리를 확인해 봐."

"똑같아! 둘이 누나와 동생이네!"

"그거 가지고 놀라면 안 되지. 하이라이트는 이거야."

호인이 빌라의 각 세대의 평면도를 알 수 있는 건축물현황도를 미소 눈앞에 펼치며, 말을 이었다.

"201호 평면도를 자세히 살펴봐. 이상한 점을 발견할 수 있을 거야."

미소는 숨은그림찾기를 하는 것처럼 평면도를 뚫어지게 바라봤다.

그러고는 손가락으로 한 곳을 짚으며 소리를 높였다.

"여기!"

"조만간 '줍줍'님과 '보살'님을 201호로 초대해야겠어."

호인이 만족스러운 표정으로 말했다.

약속된 날이었다.

이번에는 호인이 미소의 대리인 자격으로 '줍줍'과 연락했다.

201호 내부 공사를 할 예정이니, 계약 당사자인 '줍줍'이 같은 빌라 주민인 '보살'과 함께 직접 참관해 줬으면 좋겠다고 전달했다. 처음에는 황당하다는 듯한 반응을 보였지만, '줍줍'에게 옆집 '보살'과 남매지간이라는 사실을 이미 알고 있다고 알려주고, 빌라의 과거 내력과 평면도에 관한 이야기를 했더니 그는 더 긴 말 하지 않고, 약속 시간을 알려달라고 했다.

그들을 맞이하기 전 호인은 미리 준비한 커다란 콘크리트 파쇄기를 눈에 잘 보이는 곳에 세워두었다.

약속된 시간이 되자, 밖에서 기다리고 있다가 시간에 맞춰 누르기라도 하듯 현관벨이 울렸다. 미소가 현관문을 열자 두 사람은 현관 앞에서 머뭇거리며 미소의 눈치를 살폈다.

“어서 들어오세요. 지금 바로 공사 시작할 테니까요.”

미소의 안내에 따라 줍줍과 보살이 거실로 들어왔다.

“안녕하세요. 저는 예전 이 빌라 201호 임차인이었고, 현재는 현 소유주인 황미소 씨의 대리인으로 일하고 있는 변호사 변호인이라고 합니다. 한 가지 덧붙이자면, 이 집에 살면서 저승으로 떠나지 못하고 이 집에서 머무는 영혼을 목격한 경험이 있는 사람이기도 하죠.”

호인은 인사로 살짝 고개를 숙였다가, 계속 말을 이었다.

“정미정 씨, 정충식 씨, 먼저 여기 건축물현황도에 형광펜으로 표시해 둔 부분을 보시죠.”

두 사람은 호인이 표시한 부분을 확인하더니, 초조한 기색을 드러냈다.

"평면도에는 방과 화장실 사이 조그마한 창고가 있죠? 그런데 실제 건물에는 그 창고는 없고 대신 시멘트로 꽉 찬 벽이 있을 뿐이죠. 그래서 우리는 이렇게 추측하고 있습니다. 이 창고를 누군가 벽처럼 보이게 시멘트로 채워놓았고, 감쪽같이 벽지까지 붙여 놓았다고 말이죠."

호인이 미정과 충식을 지그시 바라봤다.

"아무 말씀 없으시니. 제가 조금 더 말씀드리겠습니다. 저는 창고가 시멘트로만 채워져 있다고 생각하지 않아요. 아직도 이 집을 떠나지 못하고 있는 불쌍한 영혼이 저 안에 있다고 생각합니다. 잠시 후 그걸 확인하려고 파쇄기로 저 벽을 깨뜨릴 거고요. 이후 경찰에 신고할 예정입니다."

"왜 그런 이야기를 우리를 불러놓고 하는 겁니까?"

충식이 말했다.

"그럼, 여기 왜 오신 거죠? 뭔가 불안하니까 오신 거 아닌가요?"

호인이 충식에게 되물었다.

"그건……."

"도대체 어디까지 알고 있는 거예요?"

미정이 입을 열었다.

"예전 이 건물 중 3개 호수의 주인이었던 김춘자 씨가 정미정 씨와 정충식 씨의 어머니라는 사실을 알고 있습니다만. 그리고……."

"그만!"

미정이 소리를 지르더니, 이내 눈물을 흘렸다.

"맞아요. 우리 엄마예요. 우리 엄마라고요! 제가 잘못했어요."

"누나……."

"제발, 오해하지는 말아 주세요. 엄마를 저희가 죽인 건 아니에요. 엄마는 스스로 목숨을 끊으신 거예요."

"누나, 이 사람들한테 그런 얘기까지 할 필요 없잖아."

"아냐, 이 사람들이 경찰도 아니고, 과거 우리의 어려웠던 사정을 알면 이 일을 모른 척해 줄 수도 있을 거 아니야. 우리 여태 너무 돌아왔어. 이제 엄마를 편히 쉬게 해드려야지."

미소는 '제가 경찰인데요' 하고 끼어들려다가 말았다.

"아…… 이제 거의 다 왔는데, 여기서 이렇게 되다니……. 우리가 솔직히 과거를 이야기하면 혹시 누나가 지금 말한 것처럼 이 일을 모른 척해 줄 수 있나요?"

충식이 한숨을 내쉬며 호인과 미소를 번갈아 바라보며 말했다.

"먼저 이야기 들어보고 판단할게요."

미소가 말했다.

2006년 독일 월드컵으로 온 나라가 밤잠을 이루지 못할 무렵, 서울은 축구뿐만 아니라 부동산 폭등으로 뜨거웠다. 하룻밤 자고 일어나면 몇천씩 집값이 올랐고, 어디를 가나 이야기 주제는 부동산 가격뿐이었다. 너도나도 부동산 투자에 열을 올렸고, 부동산 시세 80%까지 대출을 해주었기 때문에 무리하게 대출을 받거나, 전세를 끼고 두세 채씩 집을 사 시세차익을 노리는 사람들이 많았다.

춘자가 사는 서울 강북 변두리도 예외는 아니었다. 춘자는 퇴직을 바라보는 나이였지만, 대출에 별 제약이 없었기 때문에 남들처럼 받을 수 있는 만큼 최대한 주택담보대출을 받거나, 전세를 끼고, 사는 동네에 아파트 대여섯 채를 사두었다.

사고로 먼저 남편을 떠나보낸 춘자가 남보다 더 무리해서 부동산에 투자한 이유는 자식들 때문이었다. 큰딸 미정은 대학교 졸업 무렵 IMF가 터지는 바람에 몇 년간 정규 직장을 구하지 못했고, 아르바이트로 용돈벌이 정도만 하다가 몇 년 전 겨우 작은 직장을 잡은 상태였고, 작은아들은 군대 전역 후 아직 대학에 다니고 있어 아직 들어갈 돈이 많았다.

지금은 그럭저럭 버틴다고 하지만, 퇴직 후 연금만으로 살 생각을 하니 막막했다. 그래서 벌 수 있을 때 최대한 부동산으로 돈을 벌어 두겠다는 계획을 세우고 부동산 투자에 더욱 집착하게 되었다.

다행히 얼마 동안은 부동산 가격이 쑥쑥 올라 춘자는 남부럽지 않은 부자가 된 거 같았다. 하지만 퇴직과 함께 불운이 불시에 찾아왔다. 끝도 없이 계속 오를 것 같던 부동산은 어느 순간 추락했고, 서브프라임 모기지 사태의 여파로 경기까지 급속히 얼어붙었다.

그 무렵 춘자는 아파트 투자로 번 돈으로 구옥을 매입하여 허물고, 빌라를 직접 건축, 분양하는 분야까지 투자의 범위를 넓혔다. 그런데 마침 급전직하하는 부동산 경기에 맞물려 투자 이익금은 신기루처럼 모두 사라지고 대출 이자가 급속히 불어가는, 자신이 예상치 못한 대역전극을 경험하게 되었다.

어느 순간부터 하루하루가 연체 이자와 싸워나가는 지옥 같은 날들로 변하고, 하우스푸어에 관한 기사들이 신문과 인터넷을 도배할 무렵 자신이 건축한 빌라와 투자한 아파트들이 모조리 경매에 나가 유찰을 거듭하며 저가에 팔리게 되었다.

자신이 가진 현금은 별로 없이, 무리한 대출과 세입자의 전세금을 통해 투자한 터라, 무너지는 건 한순간이었다. 통장 잔고가 썰물처럼 모조리 빠져나가고, 재기가 불가능하다는 걸 깨달았을 때 춘자가 선택할 수 있는 길은 단 한 가지뿐이었다.

자살.

TV에서는 연일 하우스푸어가 된 사람들이 자살하는 소식을 앞다투어 보도했고, 시간이 지나자 부동산 가격 폭락으로 자살하는 일은 더는 뉴스거리도 되지 못하는 흔한 일이 되었다.

결국 춘자도 그 길을 선택할 수밖에 없었다. 그래도 춘자는 다행이라고 생각했다. 큰딸 명의로 해둔 빌라가 한 채 있었는데, 그건 온전히 남아 있으니 말이다.

그렇게 춘자는 자신이 남긴 마지막 재산을 품고 길을 떠났다.

"엄마가 돌아가시기 전 충식이나, 저도 많이 힘들었어요. 충식이는 아직 취업 전이었고, 제가 벌어오는 돈도 거의 은행 빚 갚는 데 쓰는 상황이었어요. 제 월급 자체도 많지 않은데, 월급

대부분이 그렇게 나가니 생활비로 쓸 돈도 거의 없더라고요. 그나마 다행인 게 엄마가 제 명의로 해둔 이곳은 경매에 부쳐지지 않았어요. 그런데 그때 정말 짧은 생각에 돌이킬 수 없는 실수를 하게 되었어요. 저나 충식이나 그때는 경제적으로 너무 힘들어서 정신이 이상했었나 봐요.

그날, 퇴근 후 엄마가 스스로 목숨을 끊었다는 걸 확인하고는 머릿속에 제일 먼저 떠오르는 건 엄마가 매달 수령하던 연금이었어요. 엄마는 30년간 공무원으로 일하다 퇴직해서 연금이 매달 꼬박꼬박 나오고 있었거든요. 물론 연금도 압류가 되었지만, 절반 정도는 법적으로 압류가 금지되어 쓸 수 있었어요. 경제적으로 쪼들리고 경황이 없다 보니 매달 나오는 그 돈 때문에 잘못된 선택을 한 거예요. 우리가 사정이 나아질 때까지만 엄마를 임시로 여기에 모시고, 일단은 급한 대로 연금을 생활비로 쓰자고 생각한 거지요."

미정이 눈물을 쏟으며 말했다.

"이후 이야기는 제가 하겠습니다."

충식이 미정에게 손수건을 건네며 말했다.

"우리의 잘못된 판단으로 얼마간의 경제적 이득은 얻을 수 있었지만, 매일같이 죄책감에 시달렸습니다. 게다가 얼마 후 우리가 전혀 예상치 못한 일이 발생했습니다."

"어떤 일이?"

미소가 충식에게 물었다.

"이 집도 경매에 넘어간 겁니다. 엄마가 이 집을 누나 명의로 해둔 건 맞는데, 엄마가 돈을 빌리면서 누나가 연대보증을 선게 있었나 봅니다. 물론 누나는 모르고 있었죠. 엄마가 누나의 인감도장을 가지고 있었으니까요. 우리는 이 집에서 쫓겨나듯 떠나게 되었습니다. 엄마의 시신은 그대로 둔 채 말이죠."

충식이 깊은 한숨을 내쉬고는 다시 말을 이었다.

"이 집을 떠난 후, 돈을 많이 벌어 반드시 이 집을 되찾겠다는 다짐을 했습니다. 그런데 돈은 쉽게 모이지 않았고, 몇 년이 훌쩍 지나갔습니다. 그러다가 이 집을 다시 찾을 기회가 정말 뜻하지 않은 곳에서 찾아왔습니다. 회사에 다니면서 과거 제가 몸소 겪었던 경험을 바탕으로 틈틈이 하던 부동산 폭락, 하우스푸어 주제의 유튜브 방송이 최근 몇 년간 부동산 급등에 피로해진 사람들에게 먹혔는지, 구독자가 폭발적으로 늘며 인기 채널이 되었습니다. 매월 많은 수익금이 통장에 입금되었고, 금세 다니던 회사를 퇴직해도 될 만한 돈이 모였습니다. 돈이 모이자 이 집을 되찾아 엄마를 편히 모셔야 한다는 생각이 제일 먼저 들었습니다. 그래서 누나의 명의를 빌려 바로 실행에 옮겼는데, 이 집이 아닌 맞은편 집을 잘못 사게 되었습니다. 잘 아시다시피 현관에 문패가 잘못 붙어 있어 일어난 일이었죠. 저는 포기할 수 없었고, 이왕 이렇게 된 거 이 빌라 전체를 매입하는 걸 목표로 했습니다. 그래서 누나가 제 돈으로 3층 윗집도 사서 점집처럼 간판도 걸어놓고 이 빌라를 다른 사람들이 꺼리는 분위기로 만들어 놓았습니다. 덕분에 3층 맞은편에 살던 사람도 집을 내놓고 이사를 갔죠. 교회에 열심히 다니시던 분이었거든요. 그런데 정작 우리가 사야 할 201호는 경매에서 여기 계신 여자분이 낙찰받는 바람에…….”

충식이 고개를 숙였다.

“축하해!”

“고마워.”

"인테리어 싹 해놓으니까 새집 같네."

호인이 화장지 꾸러미를 내려놓고, 아직 페인트 냄새가 남아 있는 집안을 둘러보며 말했다.

"그렇지? 30년 훌쩍 넘은 아파트로는 안 보이지?"

"그래. 아주 좋아 보여. 신혼집 해도 손색이 없겠다."

"호인 씨는 아직도 원룸에 있는 거야?"

"응. 그런데 곧 전셋집 구해서 나올 예정이야. 내가 전세준 집 전세금이 이번에 많이 올라서 그 돈으로 조그마한 아파트 전세는 충분히 구할 수 있을 것 같더라고."

"다행이다. 이제 그간 투자로 말아먹은 돈을 차근차근 모으는 일만 남은 거네."

"그러게. 열심히 변론하고 다녀야지."

"아참, 그 사람들 사건 수임했잖아. 재판은 어떻게 진행되고 있어?"

"자신들 잘못을 모두 인정하고 반성하고 있고, 그동안 부정수령했던 연금도 모두 반납했어. 둘 다 실형은 면할 거 같아."

"줍줍 아저씨 유튜브 채널은 여전히 잘되고 있더라고."

"채널뿐만이 아니야. 네가 팔고 나온 빌라가 있는 동네가 이번에 재개발 구역으로 지정되어서 그 동네 빌라들이 하룻밤 사이 호가가 몇억씩 올랐대. 덕분에 그 남매가 얻는 시세차익만 해도 어마어마할 거 같아."

"두 사람은 부동산 롤러코스터를 심하게 탈 운명인가 봐. 부동산 때문에 나락으로 떨어졌다가, 또 그 부동산 때문에 돈도 엄청나게 벌고 말이야."

"미소 씨도 최근에 부동산으로 돈 많이 벌었잖아. 그래서 이 아파트도 살 수 있었던 거고. 앞으로 계획도 부동산으로 돈을 더 벌어서 강남에 아파트 마련하는 게 꿈이라며?"

"그렇긴 하지. 부동산에 투자하지 않았으면, 내 명의로 된 아파트는 꿈도 꾸지 못했을 거야. 내 근로소득으로는 어림도 없는 금액이니까. 그런데 앞으로 계획은 변경했어. 난 이 집에서 계속 살 거야."

"왜? 강남은 안 가?"

"이번에 집 장만한다고 이곳저곳 뛰어다니며 경매도 하고, 집도 사고팔고 하면서 돈을 제법 벌긴 했지. 그런데 지금 와서 곰곰이 생각해 보니, 그간 급류처럼 난폭하게 흐르는 돈의 물줄기에 별다른 구호 장비 없이 무모하게 뛰어들어 내 운명을 맡긴

거 아닌가 하는 생각이 들더라고. 이번에는 운 좋게 돈을 거머쥘 수 있었지만, 앞으로도 계속 잘된다는 보장은 없다고 생각하니 등골이 오싹해졌어. 그리고……."

미소는 호인은 이끌고 베란다로 나가 블라인드를 올렸다. 베란다에서 내려다본 공원은 빨갛고 노랗게 물들어 있었다.

"봐. 멋있지 않아?"

"와! 따로 단풍 구경 갈 필요가 없겠네. 아파트 단지 안에 이런 곳이 있다니, 대단하다."

호인이 놀란 눈으로 공원을 바라봤다.

"저 앞에 아파트 높이만큼 올라간 나무도 봐봐."

"저거 메타세쿼이아 아닌가?"

"이 아파트 단지랑 운명을 같이하는 나무야. 멋있지? 난 여기가 좋아. 그래서 이 아파트에서 계속 살 거야. 맞아! 호인 씨, 전셋집 구한다며? 여기 어때?"

리턴

황우주

"네, 선배님."

미쳤구나, 최호연. 이 상황에 전화를 받다니. 나도 모르게 웃음이 나왔다. 스마트폰 화면에 뜬 '김성철 선배님'을 보자마자 자동으로 통화 버튼을 눌렀다. 이 정도면 파블로프의 개다. 아니, 파블로프의 체대생이다.

"야 이 새끼야, 전화를 왜 이렇게 늦게 받아?"

"죄송합니다."

늦게 받긴 했지. 벨이 세 번 울리기 전에 받아야 할 선배님 전화를 무려 일곱 번이나 울린 뒤에 받았으니. 그렇지만 바람 소리 때문에 벨 소리를 못 들었단 말이다.

"어딘데 이렇게 시끄러워?"

"한강이라 그렇습니다, 선배님."

"하안가앙? 이 새끼야, 네가 지금 놀러 다닐 때야?"

"놀러 온 건 아닙니다."

"뭐?"

전화기 너머로 선배의 어이없어하는 표정이 보이는 듯했다. 그렇겠지. 후배 주제에 말대꾸했으니.

"내일 총회 준비는 다 하고 놀러 간 거겠지? 학생회비 사용 내역 백 원 단위로 정리해서 보내라. 지켜본다."

"네, 알겠습니다."

경고의 말을 끝으로 전화는 끊어졌다. 나는 메신저 창을 열어 보았다. 부회장과 총무로부터 수많은 메시지가 쏟아져 있었다.

- 어디야? 입출금 내역 왜 안 보내?

- 형, 어쩌려고 그래요?

나는 찬바람에 곱은 손으로 '미안하다'라고 적었다. 그때, 도요새로부터 메시지가 왔다. 나는 쓰던 문자를 전송도 하지 않고 도요새의 메시지 창으로 급히 들어갔다.

- 진작 얘기하지……. 사이트 다 터져서 뭘 찾을 수가 없더

라. 허튼 생각 말고 나와, 술이나 먹자.

메시지를 확인한 나는 고개를 떨궜다. 그래, 늦었다는 것은 알고 있었다. 도요새에게 말해본 것은 그냥, 죽기 직전에 하는 기도 같은 것이었지. 나는 미친 사람처럼 신발을 벗고 난간 위로 기어올랐다.

"술이라면 준비했어."

난간에 걸터앉은 나는 주머니에서 소주 한 병을 꺼냈다. 이거 다 먹고 떨어지자. 소주 뚜껑 따는 소리는 이런 상황에도 변함없이 경쾌했다. 나는 소주를 입안으로 쏟아부었다. 위는 뜨끈해지는데 팔에는 오소소 소름이 돋았다.

인생은 한강뷰 아니면 한강행이라고 했던가. 나는 쓴웃음을 지었다. 한강대교 난간 위에서 이러고 있으니 내 인생이 끝나버렸다는 게 느껴졌다. 나는 뒤를 돌아보았다. 돌아갈 길은 없었다. 여기서 내려가도 학생회비를 운용한 학생회장이 되어 고발당하거나, 퇴학당하거나 둘 중 하나겠지. 운이 좋아 빨간 줄은 면하더라도 비난까지 피할 수 없을 것이다. 나는 눈물을 훔쳤다. 잘못했다. 잘못했지. 하지만 절대로 그 돈을 내가 쓸 생각은 아니었다. 나의 죄는 한숨이 나오는 멍청함이었다. 멍청해서 지뢰

밭을 노다지인 줄 알고 누볐다.

부회장으로부터 전화가 왔다. 나는 조용히 전화를 받았다.

- 야! 너 어떻게 된 거야? 이 돈은 또 뭐고? 학생회비 카드랑 통장 빨리 가져와. 지금 너 소문 이상하단 말이야.

"내가 처음 회장 됐을 때 물려받은 학생회비 액수, 똑같이 넣었다. 학생회 통장에 넣으려고 했는데 내가 계좌를 못 외워서. 나 대신 좀 넣어주라. 만약에 신화머니 새끼들이 찾아오더라도 무시해. 내가 너한테 빌린 돈 갚았다는데 자기들이 뭐 어쩔 거야."

- 뭐라고? 호연아, 너 지금 어디야?

"미안하다. 끊을게. 잘 살아라."

나는 눈앞의 어둠 속으로 스마트폰을 힘껏 던져 버렸다. 바람에 묻혀 스마트폰이 떨어지는 소리조차 들리지 않았다.

이게 내가 할 수 있는 마지막 일이었다. 내가 탕진한 학생회비는 내 손으로 메꾸고 가야 하니까. 이미 은행권 대출이 막힌 내게 남은 길은 제3금융권밖에 없었다. 아무 생각 없이 시엠송을 따라 부르며 놀던 신화머니를 내가 이용하게 될 줄 몰랐다. 아무렴 어떤가. 갚을 생각으로 빌린 것도 아니었는데.

이제 정말 돌아갈 길은 없다. 빚더미에 내몰린 지잡대 학생이 가긴 어딜 가겠는가. 짧은 인생을 돌아보니 후회되는 일이 너무 많았다. 애초에 고등부 코치가 추천했던 대학을 갈걸. 괜한 효심에 전액 장학금에 눈이 멀어 지잡대에 가는 게 아니었는데. 서울에 있는 대학을 갔다면 내 인생이 달라졌을까? 주위를 두리번거렸다. 새벽 4시, 한강대교를 건너는 사람은 없었다. 나는 고개를 빼서 검게 일렁이는 수면을 내려다보았다.

"이게 바다야, 강이야."

위에서 내려다보는 한강은 공원에서 보던 것과는 딴판이었다. 그동안 도시의 불빛들로 덧칠된 한강을 좋아했던 것이다. 화려하니까. 인간은 누구나 화려하게 살고 싶어 하니까. 나도 그랬다. 그래서 비타코인을 했다. 나는 눈을 감았다. 지금도 그날이 환하게 떠올랐다.

"뭐? 비타코인?"

그날도 훈련 끝나고 선배들에게 털린 뒤 편의점 앞에 앉아 맥주나 마시던 여름밤이었다. 방학을 일주일 남긴 시점이었다. 한 녀석이 신이 나서 우리에게 호가 화면을 보여주었다.

"그래, 나 이걸로 돈 꽤 벌었다? 재능도 없는 운동 때려치우고 이거만 전문적으로 할까 생각 중이야."

"때려치울 것까지 있냐? 병행하면 되지."

"모르는 소리. 비타코인은 주식이랑 달라서 장 마감이 없다고. 24시간 봐야 하는데 솔직히 운동하면서 하는 거 너무 힘들어. 밤에 하게 되니까 잠도 못 자고. 코인 하는 사람들 중 왜 전업 투자자가 많은지 알겠더라."

"그래서, 돈 좀 벌었냐?"

"그래. 이게 리플이 아주 효자 종목이라니까. 나 처음에 진짜 용돈으로 30 가지고 시작했거든? 300 되는데 일주일도 안 걸렸어."

"뭐? 그럼 지금은 얼만데?"

"비밀이다, 짜샤. 아무튼 이거 보고 있으면 뭐랄까, 그동안 왜 토하면서 운동했나 싶어. 어차피 재능도 없는 거."

나도 모르게 침을 꿀꺽 삼켰다.

"야, 정말 그렇게 잘 벌리냐?"

"그래. 너 모르냐? 코인이라 쓰고 돈 복사라고 읽는다고. 너도 관심 있으면 일단 앱부터 깔아봐."

그게 시작이었다. 투자라고는 어머니가 대신 관리해 주는 주식 계정만 가지고 있었던 내가 멋모르고 코인 앱을 깔았다. 앱 이름도 직관적이었다. 썬 업. 볕 들 날 없는 인생에 태양이라도 떠오를 것 같은 이름이었다.

대화가 끝나고 나는 얼른 자취방으로 돌아가 후다닥 샤워하고 아르바이트하러 갔다. 사람들에게 즐거움의 원료인 맥주잔을 날라주다 보면 자정은 금방 왔다. 그날은 하필 진상도 많았다. 술잔만 세 개가 깨졌고 어떤 사람은 세면대에 토해놓고 도망쳤다. 그걸 치우고 있자니 현타가 왔다. 그나마 월급날이어서 꾸역꾸역 참을 수가 있었다.

그렇게 해서 번 돈은 백만 원이 채 되지 않았다. 물론 저녁 훈련 탓에 노동시간이 짧은 편이기도 했지만, 최저시급을 모아봤자 큰돈이 될 수 없기에 당연한 결과였다. 여기서 자취방 월세 내고, 밥값 내면 남는 게 없었다.

그날 밤, 나는 좁은 침대에 누워 잔액을 확인했다. 136만 원. 내 전 재산이었다. 나는 홀린 듯 코인 앱을 열어보았다. 낯선 그래프가 쉼 없이 오르락내리락하고 있었다. 종목 대부분이 플러스를 찍고 있었다. 나는 친구가 말했던 리플이라는 종목을 기억해냈다. 나는 그날 받은 월급에 만 원을 보태 77만 원으로 리플을 샀다. 그 순간 머릿속이 뜨끈해지는 기분이 들었다. 뭐랄까, 이미 좋은 기분이었다. 손끝까지 피가 통하는 기분이랄까. 심장 박동이 빨라졌다. 나는 두근거리며 그래프를 계속 확인하다 깜빡 잠이 들었다. 새벽에 눈을 떴을 때, 내가 넣은 77만 원은 152만 원이 되어 있었다. 잠든 사이에 두 배가 된 것이다.

아침 훈련을 나갔는데 운동에 집중할 수가 없었다. 아침에 보고 나온 숫자들만이 머릿속을 어지러이 떠다녔다. 훈련이 끝나고 나는 씻지도 않고 앱부터 켜보았다. 164만 원. 수업이 끝나고 확인하니 172만 원. 저녁 훈련을 마치고 확인하니 220만 원. 그렇게 77만 원이 500만 원이 되기까지 일주일도 걸리지 않았다. 500을 찍자 여름방학이 되었다. 나는 자취방에 틀어박혀 그 누구도 만나지 않은 채 완전히 코인에 미쳐 버렸다. 검색해 보니 리플과 함께 AEA 코인도 미래가 있어 보였다. 도쿄 올림픽과 함께 떡상할 종목이라는 말이 나를 홀렸다. 리플만큼의 속도는 아니었으나 AEA도 가파른 우상향을 지속했다. 77만 원으로 시작한 투자금이 900만 원으로 늘었다. 1,000만 원을 돌파하면 기념 샷 한 번 찍고 반은 현금화해야겠다고 생각했다.

그때쯤 도요새에게서 연락이 왔다. 도요새는 우리 학교 전자공학과 학생이었다. 도대체 왜 이런 똥통 학교에 왔는지 알 수 없을 정도로 천재적인 놈이었다. 본명은 신지환. 도대체 수업을 듣긴 하는 건지 의심스러울 만큼 아침부터 저녁까지 도서관에 처박혀 책만 읽어대는 놈이었다. 그래서 별명이 도요새, 도서관 요정 새끼였다. 6시까지 책을 읽고 나면 자취방으로 돌아가 종일 컴퓨터를 했다. 그가 천재적인 해커라는 소문이 돌았으나, 사실인지는 알 수 없었다. 나는 도서관에서 근로 장학을 하면서 놈과 친해졌다.

도요새는 방학 때 본가에서 지내다, 학교에 서류 낼 게 있어서 왔는데 얼굴이나 보자는 것이었다. 나는 잠깐 고민하다 그를 만나러 나갔다. 돈 버는 재미는 그 어떤 것보다도 중독적이었으나, 사람을 안 만난 지 몇 주가 지나 있었다. 나는 오랜만의 면도를 위해 화장실에 들어갔다. 거울 속의 나는 폐인이 따로 없었다. 그 어느 때보다도 돈을 잘 벌고 있는데 몰골은 폐인 같다니 이상한 일이었다.

나는 도요새와 술잔을 기울이며 비타코인에 대해 떠들어댔다. 도요새는 의외로 비타코인에 대해 잘 알고 있었다. 나보다 훨씬 먼저 투자도 시작했다고 했다.

"와, 그럼 넌 진짜 많이 벌었겠네? 왜 그동안 나한테 말 안 해줬냐?"

"투자는 남한테 권하는 거 아니다. 그리고 난 지난달에 코인 다 정리했어."

"왜?"

"너무 많이 알려졌어. 당장 투자에 관심도 없던 너까지 뛰어들었잖냐. 거품 꼈단 소리지."

그 말에 나는 기분이 나빠졌다. 얼른 일어나려 급하게 맥주를 비우자 도요새가 한마디 했다.

"너도 꽤 먹었을 텐데 슬슬 빼라. 진짜 조짐이 안 좋아."

"알았어, 천만 원만 채우고."

그때, 술집 텔레비전에서 유명 시사 프로그램이 시작됐다. 오늘의 소재는 비타코인이었다.

"야, 저거 봐라. TV에도 나오는데 더 오르지 않겠냐? 이제 전 국민이 다 코인을 알게 됐는데."

도요새의 표정이 무척 어두워졌다.

“너 진짜 아무것도 모르는구나. 그게 진짜 위험한 거야. 당장 빼, 절반이라도.”

“알았어, 알았다고. 마시기나 해.”

지금도 가끔 생각한다. 그때 도요새의 말을 들었다면 얼마나 좋았을까? 그랬다면 내가 지금 한강대교 난간에서 술 마실 일도 없을 텐데. 그때 나는 희망에 차 있었다. 매일 비타코인 커뮤니티 사이트에 들어가서 다른 사람들의 글을 봤다. 수십 억대의 수익 인증 글이 즐비한 커뮤니티에서, 어두운 나의 삶에도 볕 들 날이 오고 있다고 꿈을 꿨다. 얼마나 멍청했던지.

시사 프로그램이 방영되고 얼마 후, 코인은 곤두박질치기 시작했다. 특히 가파르게 상승했던 리풀은 아예 절벽 아래로 떨어져 버렸다. 하룻밤 새 평단의 절반이 날아갔다. 눈이 돈다는 게 어떤 감각인지 그날 처음으로 느꼈다. 나는 리풀에서 돈을 빼고 하락 폭이 작은 다른 코인에 투자했다. 그럼 악마가 지켜보기라도 한 듯 곧장 그 코인이 나락으로 떨어졌다. 평단은 쭉쭉 미끄러졌다. 나는 어머니가 내가 어릴 때부터 조금씩 사 모았던 내 명의의 삼성전자 주식을 처분했다. 그리고 그걸 모두 코인에 집어넣었다. 천만 원만 채우자던 생각은 이내 손실만 만회하자는 생각으로 바뀌었다. 잠도 잘 수 없었다. 24시간 내내 도는 스마트폰 화면을 노려보다 까무룩 의식을 잃는 것이 당시의 잠이었다. 화들짝 놀라 깨면 평단이 또 깎여 있었다.

다들 곡소리가 나는 가운데 그래도 커뮤니티에서는 버는 사람들이 있었다. 그중 꾸준히 수익 인증 글을 올리던 사람이 무료 리딩방을 열겠다고 나섰다. 무료인 대신 아무나 받지 않겠다며, 댓글로 간절함을 보겠다고 했다. 수십 개의 댓글이 달렸다. 나 역시 그의 발치에 무릎 꿇고 읍소하는 사람 중 한 명이었다. 나는 아무도 묻지 않은 내 과거사까지 썼다. 아버지가 없고, 홀어머니 밑에서 어렵게 자랐다는 점을 강조했다. 그날 저녁, 그에게서 오픈 카톡방 주소가 적힌 쪽지가 왔다. 나는 카톡방에 들어가 몇 번이나 감사하다고 인사를 남겼다.

그날부터 리딩이 시작되었다. 그가 선별하는 코인들은 그동안 내가 이름도 알지 못했던 코인들이었다. 수익률이 조금 나아지기 시작했다. 하락장이 시작되고 쭉쭉 미끄러지던 평단에 오랜만에 플러스가 떴다. 하지만 이미 시드가 작아진 탓에 원금을 회복하려면 한참의 시간이 걸릴 것 같았다. 나는 고민 끝에 대출을 알아보았다. 신용카드조차 없는 대학생이어서 받을 수 있는 대출이 거의 없었다. 나는 대학생 대출을 알아본 끝에 간신히 300만 원 대출을 받았다. 이제 이 사람의 리딩에 따라 진행하면 원금을 회복할 수 있으리라는 희망에 부풀었다.

그런데 누가 내 생활을 지켜보기라도 한 듯, 오픈 카톡방 안에서 사람들이 싸우더니 곧 카톡방이 폭파되었다. 몇몇 사람들이 다른 유료 리딩방 홍보를 한 것이 문제였다. 나는 선한 목자를 잃은 양 떼와 같은 기분이 되었다. 어쩔 수 없이 다시 혼자서 정보 글을 뒤져가며 매수에 나섰다. 그러나 리더의 리딩을 받을 때와는 달리 수익률이 높지 못했다. 자신에 대한 믿음이 없다 보니 기다리지 못하고 자꾸 손절매를 쳤다. 5%, 10%씩 손해를 보다 보니 어느새 잔액이 30% 가까이 깎여 있었다. 절망스러웠다. 처음으로 코인 판에서 손을 뗄까 싶은 생각마저 들었다.

다음 날, 리더에게서 쪽지가 왔다. 무료로 했더니 사람들이 분탕질해서 안 되겠다며, 유료 리딩방으로 재오픈한다는 소식이었다. 리딩 비용은 매달 10만 원이었다. 나는 바로 가입하겠다고 했다. 다시 혼자서 할 자신이 없었다. 대출까지 한 돈을 그렇게 날릴 수는 없었다. 그렇게 나는 그 사람에게 10만 원을 입금하고 유료 리딩방에 들어갔다. 무료일 때에 비해 사람이 좀 적었다. 리더는 한참 동안 분탕질한 사람들을 욕하고, 빠져나간 사람들을 욕했다. 작은 욕심 부리다 큰 걸 놓치는 멍청이들이라고 했다. 나를 비롯한 사람들이 열심히 맞장구를 쳤다. 그는 소수 정예라 오히려 좋다며, 이렇게 된 거 지금까지보다 훨씬 큰 걸 준비해 오겠다고 했다.

그는 펌핑 정보라며 새로운 코인 정보를 가져왔다. CR 코인이라는 처음 들어보는 이름의 코인이었다. 그는 자신과 지인들이 이 코인을 펌핑하려고 하는데, 함께 뛰어들어서 10배는 먹어보자고 제안했다.

- 세력에 끌려다니지 말고, 이제 우리가 세력이 되어보는 겁니다.

그 말은 하락장에 지친 우리에게 너무나 달콤하게 들렸다. 그는 우리에게 사흘 뒤 밤 11시, 평단 20원 근처에서 CR 코인을 매수하라고 했다. 일주일 뒤 펌핑이 시작되면 200원은 가뿐히 돌파할 것이라고 했다.

- 조급해하지 말고 최소 200원까지는 기다리세요. 그 뒤로는 알아서들 매도하시고요. 차트상 340원까지는 갈 겁니다.

나는 마음이 급해졌다. 원금을 회복할 수 있는 마지막 기회였다. 다음 날 나는 다시 은행들을 돌며 대출을 알아봤다. 하지만 이제 정말 받을 수 있는 대출이 없었다. 그때, 버스에 달린 저축은행 광고가 눈에 띄었다. 그렇게 나는 난생처음 제2금융권에서 대출을 받게 되었다. 아르바이트했던 게 소득으로 잡혀 무려 500만 원이나 대출이 나왔다. 그렇게 나는 디데이까지 700만 원 남짓한 돈을 모았다. 이제 이걸로 7,000만 원을 만들 일만 남았다. 살면서 생각도 못 한 큰돈이 수중에 들어올 날이 얼마 남지 않은 것이다.

그리고 사흘째 되던 날 밤 11시, 드디어 결전의 날이 왔다. 리더의 말대로 CR 코인은 20원 근처의 가격대를 형성하고 있었다. 나는 전 재산을 쏟아부어 평단 20.2원에 CR 코인을 풀매수했다. 그리고 싱글싱글 웃으며 잠시 차트를 바라보았다. 가격이 조금씩 오르고 있었다. 그날 밤, 나는 코인을 시작한 이래 처음으로 웃으며 잠들었다.

그리고 다음 날, 설레는 마음으로 차트를 확인한 나는 스마트폰을 떨어트릴 뻔했다. CR 코인의 가격이 17원대로 내려가 있었다. 나는 불안한 마음에 종일 차트만 쳐다보았다. 오후가 되자 가격은 더욱 낮아져 13원대로 내려갔다. 다른 사람들도 불안함을 느낀 듯 오픈 카톡방에서 누군가 리더에게 현 상황을 알렸다. 그는 별것 아니라는 듯 말했다.

- 여러분, 세력 되기가 쉬운 줄 압니까? 이 정도 매집으로는 턱도 없습니다. 그래서 일주일 말씀드린 거예요. 개미 털고 출발하려면 10원대 초반까진 떨궈야 합니다. 기다리세요.

- 아니, 그럼 우리도 10원대에 매수했음 되는 거 아닙니까?

누군가 그렇게 말했고, 리더는 멍청한 소리 한다며 그를 강퇴시켰다. 나는 조용히 기다리기로 했다. 뭔진 모르지만 20원대에 사라고 한 이유가 있겠지. 그렇게 생각하는 동안 CR 코인의 가격은 쭉쭉 내려가 사흘 뒤엔 10원대마저 깨져버렸다. 다시 사람들이 아우성쳤다.

- 이렇게 믿음이 없는 사람들과는 일을 못 하겠습니다. 방 폭파합니다.

- 네? 리더님 그게 무ㅅ

말을 적고 있는데 정말 카톡방이 터져버렸다. 나는 스마트폰을 든 채 강퇴당한 화면만 멍하니 바라보았다. 그래, 아직 일주일 안 됐으니까. 며칠만 더 기다려보자. 펌핑이 오겠지.

사실 난 그때 이미 알게 됐던 것 같다. 내가 사기를 당했다는 걸. 나중에 알고 보니 이건 '설거지'라 불리는, 주식판에서부터 아주 유구한 수법의 사기였다. 리더가 말한 일주일째가 되자 CR 코인의 가격은 3.4원이 되었다. 340은 찍을 거라더니, 진실은 3.4였다. 그렇게 난 제1금융권과 제2금융권에 모두 빚이 있는, 가진 거라고는 쓰레기 잡코인뿐인 거지가 되어 있었다.

술이 너무 먹고 싶었다. 취하고 싶은데 술을 살 돈도 없었다. 나는 방에 놓인 학생회비 통장과 카드를 쳐다보았다. 그래, 소주 딱 한 병만 사자. 비품 샀다고 하면 되니까. 그렇게 난 카드를 들고 나가 정말 소주 한 병을 샀다. 그리고 방에 앉아 안주도 없이 술을 들이켰다.

그때, 카톡이 울렸다. CR 코인 피해자 방이 만들어진 것이다. 나는 잠자코 방에 들어가 사람들이 울분을 쏟아내는 모습을 지켜보았다. 나는 제일 피해액이 적은 축이었다. 5,000만 원을 넣은 사람도 있었다. 나도 술을 마시며 대화에 참여했다. 그때, 한 사람이 말을 꺼냈다.

- 저는 다행히 복구했는데, 다른 분들은 피해가 크신가 보네요. 안타깝습니다.

- 어떻게 복구했어요?

- 아, 저는 현물거래 말고 마진거래했어요. 숏 배팅이요.

그는 마진 쪽이 훨씬 돈이 된다며, 궁금한 사람은 자기한테 개인 톡을 하라고 했다.

- 여기 계신 분들은 다 같은 피해자니까⋯⋯ 제가 아는 한에서는 최대한 알려드릴게요.

그렇게 나는 마진거래라는 새로운 희망을 품게 되었다. 나는 그에게 카톡을 하여 사이트를 소개받고, 마진 거래하는 법에 대해 간단한 설명을 들었다.

- 처음 하는 거라 좀 무서워요.

- 어려울 거 없어요. 오히려 개별 코인 현물 거래하기보다 쉬워요. 요즘처럼 장이 안 좋을 땐 그냥 무조건 숏 치면 돼요. 일단 예수금만 넣어두시고, 거래는 소액으로 연습해 보세요.

그는 친절했지만, 내겐 사이트에 넣을 돈이 없었다. 나는 잠시 망설이다가 방을 박차고 나갔다. 은행 ATM기로 가서 학생회비를 전액 내 계좌로 송금했다. 벌어서 갚으면 되는 거 아닌가, 벌어서 갚으면.

그거 아는가? 투자하는 마음과 도박하는 마음은 사실 그렇게 다르지 않다고 한다. 돌이켜보면 그때 나는 거의 도박중독자와 같은 상태였던 것 같다. 이미 정상적인 판단이 불가능했다. 그렇게 나는 내 계좌에 들어온 학생회비를 마진거래 사이트에 예수금으로 넣었다. 그리고 그 사람 말대로 숏에 배팅했다.

몇 번은 먹고, 몇 번은 잃었다. 그런데 이 마진거래라는 건 벌 때도 크게 벌었지만 잃을 때도 무섭게 잃었다. 학생회비의 절반이 사라지기까지 그렇게 오랜 시간이 걸리지 않았다. 정확히 반을 까먹었을 때, 나는 코인을 그만해야겠다고 생각했다. 남은 방학 동안 막노동이라도 나가서 학생회비부터 채워야겠다고 생각했다. 그리고 나는 예수금 인출 버튼을 찾기 위해 사이트를 뒤졌다.

없었다. 아무리 뒤져도 인출 버튼이 없었다. 나는 카톡을 열었다. 내게 마진거래를 알려준 그 사람에게 물어보기 위해서였다. 없었다. 그와 대화한 카톡방을 클릭하니 탈퇴한 사용자라고 떴다. 나는 며칠 동안 미친 듯이 인출 버튼을 찾아 헤맸다. 사이트는 곧 닫혀 버렸다. 그제야 나는 내가 또 사기당했다는 사실을 인식할 수 있었다.

도합 2,200만 원이라는 돈이 하이패스를 단 차량처럼 나를 통과해 갔다. 경찰서에도 갈 수 없었다. 학생회비 횡령이라는 죄를 저질렀으니까. 그렇게 이 시각에 한강대교 난간 앞에 서 있게 된 것이다. 나는 남은 소주를 원샷 했다. 토할 것 같지만 꾹 눌러 참았다. 초저녁부터 마셔댄 덕분에 세상이 빙빙 돌았다. 나는 차가운 난간을 붙잡고 기어올랐다. 난간에 두 다리를 딛고 똑바로 서서, 시원하게 다이빙할 심산이었다. 번지점프 하듯이, 멋지게 삶을 끝낼 생각이었지만.

"어…… 어…… 엇!"

내 맘대로 될 리가 있나. 난간에 한쪽 다리를 올리고 나머지 다리도 올리려는데, 머리가 기우뚱 앞으로 쏠렸다. 어정쩡하게 쭈그린 자세로 두 발이 난간에서 떨어졌다. 검은 수면이 얼굴을 덮치기 직전이었다. 나는 눈을 감았다.

"야! 야! 괜찮아? 정신 차려!"

"으어……."

몸을 일으키려 했지만 불가능했다. 눈조차 뜰 수가 없었다.

머리가 깨질 듯이 아팠다.

"갑자기 왜 이래? 취했냐?"

도요새의 목소리였다. 말하고 싶었지만, 목소리가 나오지 않았다.

"무슨 일 있나요?"

점원이 다가오는 소리가 들렸다.

"아, 아녜요! 얘가 몸이 좀 안 좋은가 봐요."

나는 천천히 눈을 떴다. 세상이 옆으로 보였다. 누워있을 줄 알았는데, 내 몸은 어딘가에 기대 엎드려 있었다. 그리고 내 눈 앞에 펼쳐진 건, 익숙한 호프였다.

"무, 뭐야 이거……."

틀림없었다. 이 익숙한 테이블. 익숙한 안주, 도요새의 익숙한 얼굴. 나는 간신히 눈을 돌려 술집의 낡은 TV를 보았다. 시사 프로그램에 비타코인이 나오고 있었다.

"으악!"

나는 튕기듯 상체를 일으켰다. 그리고 미간을 찌푸린 도요새와 눈이 마주쳤다.

"야, 많이 안 좋냐?"

"그…… 아니…… 이게 무슨……."

나는 주위를 둘러보았다. 아무리 봐도 그날이었다. 방학 중에 도요새가 찾아온 날. 혼란스러웠다. 영화 같은 건가? 저승으로 가기 전에 가장 후회되는 순간을 본다는, 뭐 그런 거야? 그렇다면 맞게 온 것이긴 한데…….

도요새의 한숨 소리에 퍼뜩 정신이 들었다. 나는 시험 삼아 말을 던졌다.

"…… 저거 봐라. TV에도 나오는데 더 오르지 않겠냐? 전 국민이 코인을 알게 됐는데."

도요새의 표정이 어두워졌다.

"너 진짜 아무것도 모르는구나. 그게 위험한 거야. 당장 빼, 절반이라도."

"맙소사, 내가 이 말을 들었으면……."

"응? 뭐라고?"

"잠깐, 잠깐만."

나는 비척비척 주머니를 뒤져 스마트폰을 꺼냈다. 썬 업의 잔액은 아직 900만 원대를 유지 중이었다. 나는 서둘러 모든 코인을 시장가에 팔아치웠다. 도요새가 눈을 가늘게 떴다.

“뭐야, 말 잘 듣네.”

“…… 야, 너 오늘 어디서 자냐?”

“나? 그냥 찜질방 가려고 하는데?”

“그러지 말고 내 방 와서 자. 내 침대 네가 써. 난 바닥에서 잘게.”

“뭐야, 왜 이래? 징그럽게.”

“너무 고마워서 그러지.”

나는 싱글싱글 웃으며 잔을 비웠다. 꿈이든 뭐든 좋았다. 가장 후회되던 순간을 고치니 이대로 죽어도 괜찮겠다는 생각마저 들었다. 우리는 기분 좋게 마시고 캔 맥주를 더 사서 방에 들어왔다. 컴퓨터가 켜져 있었다. 화면 속에 내가 활동하던 비타코인 커뮤니티 창이 보였다. 도요새가 약간 취해서 꼬부라진 혀로 말했다.

“야, 저런 거 믿지 마. 저런 데서 활동하는 놈들은 사기꾼 아니면 바보야.”

“알아, 내가 그 바보거든.”

“알긴 아네.”

우리는 마주 보고 킬킬 웃었다.

"야, 너 마진거래도 해봤냐?"

"너 그건 진짜 하지 마라."

도요새가 술이 확 깬 듯 멀쩡한 목소리로 말했다.

"그건 진짜 한강 가기에 십상이다."

"나도 알아, 인마."

나도 모르게 주눅 든 목소리가 나왔다.

"근데 마진거래 사이트에는 원래 예수금 인출 기능이 없어?"

"무슨 헛소리야? 예수금 못 빼는 투자 사이트가 어딨어."

나는 입이 떡 벌어졌다. 그럼 애초에 그 사이트가 가짜였다고? 사기를 당한 줄은 알고 있었지만, 이 정도 스케일인 줄은 몰랐다. 코인 사기의 현주소는 내가 생각한 것보다 크고 깊었다.

"야, 너 사기꾼 해킹할 수 있냐?"

"사기꾼이든 아니든, 해킹은 가능하지."

"그럼 나 좀 도와주라."

도요새가 눈을 빛냈다.

"왜? 누구 해킹하게?"

나는 커뮤니티로 들어가서 회원 명단을 뒤졌다.

"이놈, 닉네임이 리더인 놈. 전문적으로 사기 치는 새끼야. 아무것도 모르는 사람들한테 무료 리딩해 준다고 접근해서 설거지하는 놈이지. 또 한 놈 내가 아는 나쁜 놈이 있는데 그놈은 나중에 알려줄게."

"흠……."

도요새는 일단 알겠다고 했다. 나는 CR 코인 풀매수에 들어갔다. 평단 13원대에 900만 원어치 CR 코인이 쌓였다.

도요새가 집으로 돌아간 뒤, 나는 커뮤니티에서 예전과 똑같이 행동했다. 함께 정부를 욕했고, 평단이 깎여나간다고 징징거렸다. 물론 사실이 아니었지만 말이다. 매일 망했다는 내용을 올리자 곧 리더에게서 쪽지가 왔다. 나는 쪽지를 캡처해서 도요새에게 보냈다. 도요새는 이미 그 커뮤니티에 들어가 활동하고 있었다. 나는 예전처럼 오픈 카톡방에 들어갔다. 도요새가 웃긴 영상이라며 파일을 하나 내게 보냈다. 그 파일을 오픈 카톡방에 올리라고 했다. 나는 도요새가 시키는 대로 했다. 슬슬 카톡방에 분탕질하는 사람들이 나타나고 있었다.

- 야, 내가 소름 돋는 거 하나 알려줄까?

- 뭔데?

- 그 방, 인원의 절반 정도가 접속 아이피가 같아.

- 진짜야?

- 어. 특히 유료 방 선전하고 강퇴되는 놈들은 전부 아이피가 같아. 그 리더라는 놈이랑.

애초에 사기를 치려고 설계된 방이었던 것이다.

- 이제 어떡해? 경찰에 신고할까?

- 야, 나도 불법적으로 아이피 추적했는데 신고를 하면 어떡해. 그리고 지금 단계에서 뭐라고 신고할 건데.

맞는 말이었다. 나는 입술을 깨물었다.

- 일단 좀 지켜봐.

며칠 뒤, 무료 리딩방이 폭파되었고, 유료 리딩방이 열렸다. 그 사이 도요새는 리더의 코인 지갑을 뚫었다고 전했다.

- 직원인 척하고 코드 담아서 메일 보냈더니 바로 확인하네. 이제 저놈 지갑은 우리 거나 다름없어. 근데 이 새끼, 코인 사기만 치는 게 아닌가 본데? 대포통장이 있어.

- 그걸 어떻게 알아?

- 컴퓨터에 사진이 있으니까. 보내줘?

도요새가 통장 사진을 보내왔다. 그 사진을 본 나는 욕설을 내뱉었다. 같았다. 마진 사이트의 예수금 입금 계좌와 같은 통장이었다. 그러니까 나는 전문 사기 집단에 걸려서, 두 번이나 같은 놈들에게 사기를 당했던 셈이었다.

- 야, 저번에 내가 나쁜 놈이 하나 더 있다고 했잖아. 아니었어. 이놈이 그놈이야.

- 탈탈 털어야겠네.

도요새는 심혈을 기울여 짜둔 코드를 놈의 컴퓨터에 심었다. 우리는 조용히 디데이를 기다렸다.

마침내 그날이 되었다. 모두에게 20원대에 CR 코인을 사라고 종용한 그날이. 나는 20원에 CR 코인을 팔기 시작했다. 썬 업에 현금이 두둑이 쌓여갔다. 리더는 이상함을 눈치채지 못한 것 같았다. 하긴, 겨우 900만 원짜리 펑크를 눈치채면 그게 더 이상하지. 나는 이전과 같은 멘트로 당황한 척 메소드 연기를 펼쳤다. 그때처럼 며칠 만에 카톡방이 폭파되었다.

단톡방이 폭파되는 것을 기점으로 도요새가 행동에 나섰다. 가장 먼저 한 일은 그놈의 코인 지갑을 터는 것이었다. 억대의 코인이 놈의 지갑에서 도요새의 지갑으로 흘러들어왔다. 물론 다이렉트로 꽂히게 한 것은 아니고, 여러 지갑을 거쳐 우회했기에 자신을 찾기는 힘들 거라고 했다. 놈이 뒤늦게 사태를 파악했는지 마진거래 글은 올라오지 않았다. 도요새가 흥분한 얼굴로 내 자취방에 다시 찾아왔다. 나는 도요새의 코인 지갑을 확인했다. 태어나서 처음 보는 값어치의 비타코인이 들어있었다.

이걸로 내 이야기는 끝이다. 나는 함께 피해를 보았던 단톡방 사람들에게 피해 금액을 되돌려주고 싶었지만, 그들이 누군지 찾을 수 없었다. 익명의 피해자들은 서로 간의 연대도, 피해액 보전도 힘든 것이다. 대신 나는 학생회에 내가 탕진했던 만큼의 돈을 기부했다. 도요새는 유학 겸 도피를 위해 실리콘밸리로 떠났다. 그 뒤로 많은 시간이 흘렀다.

나는 가끔 생각한다. 그때의 코인 열풍은 뭐였을까. 종잣돈이 없는 청년들, 부의 사다리를 탈 수 없는 사람들이 마지막으로 붙든 동아줄이었을까. 무엇이 됐든 나는 내 자리로 돌아왔다. 나는 알람을 끄고 일어났다.

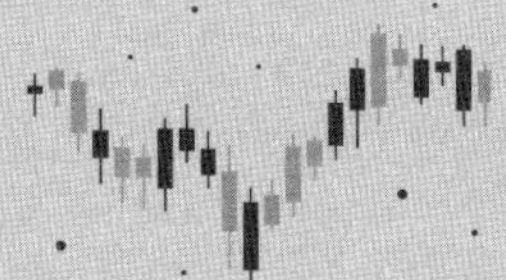